Chez le même éditeur

Un Panda dans l'escalier	Christophe Austruy
Je veux te voir nu	Christophe Austruy
Le Messager	Michel Bellin
Demain c'est jeudi	Gérard Forche
Derrière les portes bleues	Michel Giliberti
Femme qui marche	Laurent Herrou
L'Étranger de la famille	Olivier Lebleu
Passer la nuit	Olivier Lebleu
Voyage à Muxandor	Christian Le Gall
Les Appétits d'Urbain Pilupe	Christian-Yves Lhostis
C'est toujours moins grave qu'une jambe cassée	Emmanuel Ménard
Maman	Benoît Montenat
Le Cirque de la solitude	Jean-Paul Tapie
Dix petits phoques	Jean-Paul Tapie

Pour être tenu régulièrement informé de nos publications,
il suffit de nous faire parvenir vos nom et adresse à :
H&O éditions - BP 14090 - 34502 Béziers cedex
ou de consulter notre site web : www.ho-editions.com

La ballade des fendus

Du même auteur

Les Évangiles en argot,
en collaboration avec Michel Gauthier

Vampires - mythes et réalités,
en collaboration avec Bruno Lapeyre

ISBN 2-84547-081-9

Jean-Marie Beurq

La ballade des fendus

roman

H&O
ÉDITIONS

Le soleil était haut et pourtant le ciel s'obscurcissait de plus en plus. Rassemblés au pied des croix, les soldats se mirent à frissonner. Le froid bien sûr, mais aussi la peur, d'autant plus qu'une rumeur inquiète montait de la ville. Alors le légionnaire Longinus s'approcha de la croix qui était au centre, leva les yeux vers l'homme aux cheveux de sang, chercha en vain son regard. Puis il planta avec force sa lance sur le côté droit du supplicié. Du sang bouillonna de la blessure, dégoulina le long du bras du légionnaire. Mais il n'en avait cure. Le regard halluciné, il arracha la lance, revint vers ses camarades qui maintenant le regardaient avec un mélange d'effroi et de curiosité. Et tous redescendirent en silence vers la ville. Au décurion suspicieux qui lui demanda pourquoi il avait achevé le supplicié, Longinus répondit qu'il avait voulu en finir car la tempête menaçait. Plus tard, revenu dans sa Germanie natale et sentant sa fin proche, il dira que c'est par pitié qu'il avait abrégé les souffrances de Celui que Dieu avait envoyé pour sauver le monde. Cependant, les cendres du bûcher funéraire de Longinus étaient à peine froides que cette lance qu'il avait toujours pieusement conservée disparaissait.

Il y a deux sortes de pédés : moi et les autres. Les autres, c'est à dire ceux qui ont les yeux mouillés, un tantinet bicheux, et les traits affaissés qui les font ressembler à leurs vieilles mamans. On sait tout de suite qu'ils ressemblent à leur vieille maman même si on a jamais vu leur vieille maman. Je déteste avoir ces Tantes Jeanne pour clients. Ils arrivent, ils paient, ils baisent, repartent. Une heure plus tard ils rappellent et, tout chialant, disent qu'ils sont tombés amoureux, veulent me sortir du trottoir, veulent me serrer pour l'éternité dans leurs bras trop gras, au blanc d'huître laiteuse. Je veux pas croire que leur défoncer le cul les a rendus romantiques, tout juste égoïstes. Je rigole et raccroche (enfin, façon de parler puisque je n'ai qu'un portable). À tout prendre, je préfère les bons pères de famille, à l'hétérosexualité en berne. Ceux-là, après avoir éjaculé, vous regardent comme une petite chose dégoûtante, une petite gonzesse de rien du tout, et repartent avant que les raviolis de Bobonne ne refroidissent dans l'assiette. C'est minable, mais je préfère.

Aujourd'hui j'ai eu pour client celui que j'appelle « Serviette éponge » parce qu'il me rappelle celui qui m'a dépucelé. J'avais 13 ou 14 ans, j'étais gratos, il m'avait levé à la piscine et avait pris l'habitude de tapoter mon bas ventre avec une serviette pour éponger le foutre qui maculait mon pubis, gouttait de ma queue. Puis il me frictionnait le reste du corps pour effacer les larges traces de sa langue. C'était en effet le genre de prédateur qui avait besoin de saliver abondamment sur sa proie avant de se l'engloutir. Entre lui et moi, cela a duré quand même quelques années. Puis, à 17 ans, il m'a laissé tomber comme une vieille chaussette pour un garçon plus jeune. Pourtant je paraissais encore 15 ans mais une espèce de couperet invisible était tombé. Je me suis alors intéressé aux garçons de mon âge, aux petits mâles hétéros. C'était risqué et excitant, mais combien sont sortis de mon cul ou de ma bouche rouges de confusion ! Assis sur le trône des chiottes du lycée, je les regardais en me marrant se rebraguetter nerveusement, bredouillant des insanités. J'avais aussi une copine à l'époque, que je trimballais comme d'autres trimballent une légion d'honneur bidon. D'elle, je ne tolérais qu'elle me touche que la queue, et seulement avec les mains ou la bouche. Elle suçait avec les dents mais bon… Il n'était pas question que je la baise, mais elle s'en foutait. Toutes ses copines rêvaient de sortir avec un schbeb et elles étaient vertes de jalousie. Ça suffisait à son bonheur, à ma p'tiote. À 18 ans, parce que mon beaup avait fini par me virer, je me suis engagé. Et c'est là que j'ai commencé à me faire payer. Enfin, pas par mes camarades de chambrée, qui avaient mon cul sur un simple claquement de doigt, mais par les officiers. Au bout de six mois on a fini par me jeter mais je sais que, depuis, le clairon du camp militaire de D. ne sonne plus comme avant. Ensuite je suis revenu à Paname, j'ai épousé une jeune Ukrainienne (contre une bonne somme) pour qu'elle ait plus vite la nationalité française, j'ai repris le tapin ; dans deux ans je divorce, j'ai aussi vendu mon sperme à pas mal de couples de lesbiennes qui allaient se faire inséminer au pays des tulipes et des peintres à l'oreille coupée, et si j'ai le nez dans le ruisseau, c'est pas la faute à Rousseau. Je parais toujours 15 piges et je m'habille *teen.* Je sais que ça va pas durer autant que la papauté, que les petits tziganes du macadam me concurrencent grave, que je suis condamné à bientôt chasser dans le clair obscur, à tricher sur mon âge dans les bouquins de cul, à enlever quelques watts aux ampoules de ma turne mais je m'en fous. Je suis un p'tit mec qui adore baiser avec les mecs, j'ai pas de copains pédés (sauf les putes comme moi) et je veux pas en avoir car, je le répète, chez les carolines il y a moi et les autres.

Serviette éponge me rappelait donc mon premier amant. Même trogne porcine, même surplis ventraux, et surtout même bite énorme, courte et carrée qui tournait en moi comme une pièce mécanique. J'ai vu un soir Serviette éponge à la télévision. Il se présentait à je ne sais plus quelles élections. Le lendemain j'ai cru très fin de bomber sur ses affiches : VOTEZ SERVIETTE ÉPONGE ! Ça ne faisait rire que moi mais je n'ai pas pu m'empêcher de me vanter devant lui que j'étais l'auteur de cette potacherie. Il m'a roué de coups, jusqu'au sang. Et j'avais encore les traces quand les flics sont venus me dire qu'on avait retrouvé Albert Longin (le vrai nom de Serviette éponge) la bedaine flottant dans le canal Saint-Martin.

On trouve de tout dans le canal Saint-Martin : des poissons des mers chaudes, des tortues, des nègres sans tête, des lémures, des parapluies, des clés de 12 mais rarement des hommes politiques. L'hélice d'une péniche avait haché menu la tête de Longin mais il avait ses papiers sur lui et, sans doute grâce à sa queue énorme, courte et carrée, sa femme (ainsi que son chauffeur) avait pu l'identifier. Les flics avaient réussi à remonter jusqu'à moi et ma gueule tuméfiée leur laissait ouvertes bien des perspectives.

Un jeune flic beau comme un jeune flic de cinéma se tenait maintenant devant moi.

– Tu as un alibi pour la nuit dernière entre 22 et 23 heures ?

– Je baisais.

Son crayon se leva au-dessus de son carnet à spirales.

– Avec qui ?

– Avec moi.

– Trouve autre chose.

– Je baisais un archevêque. Mais il voudra jamais confirmer. Il est marié.

– T'as fini de me prendre pour une bille ?

– Oui.

Et c'était vrai.

– J'étais avec ma femme.

Son crayon revint se positionner au-dessus du carnet.

– Comment *il* s'appelle ?

– *Il* s'appelle pas… Elle s'appelle Tatiana.

Le jeune flic percutait vite.

– Une Russe?

– Quelque chose comme ça… Ukrainienne je crois.

– Une pute?

– Peut-être.

– Mariage blanc?

– …

– T'en fais pas, bébé, je suis de la Crim', pas de l'Immigration.

– Oui, mariage blanc. J'ai plus qu'un an à tirer.

– Où niche cette future compatriote?

Je donnai une adresse quelque part du côté de la porte de Vincennes. Alors le jeune flic rangea son carnet, son crayon, et commença à s'intéresser à mon petit univers. Lequel se résumait à un lit de poupée Barbie, une télé et une mini-chaîne posées à même le sol, un coin douche, un coin cuisine, un chiotte, une cheminée de coin. Sur la cheminée il y avait une soupière de méchante faïence. Le flic en souleva le couvercle et sortit une grosse poignée de biffetons, 20, 50 et 100 euros.

– Tu as un protecteur?

– Non, pas besoin.

Il prit plusieurs billets de 100, les plia soigneusement et les glissa dans une poche intérieure.

– Tu peux répéter, j'ai mal entendu.

Je souris.

– Eh bien oui, j'ai un protecteur. Enfin, si tu veux.

– Je veux.

Je me laissai alors tomber sur le lit, envoyai dinguer aux quatre coins de ma piaule Nike, chaussettes, pantalon et slip. Il m'encula jusqu'à la garde, jouit très vite. Un courant d'air froid sur mon cul m'indiqua qu'il venait de partir. Je serrais encore violemment entre mes dents un bout de l'oreiller. C'est sûr, il avait fait exprès de me faire mal. Je me retournai. Du sang, mon sang, rigolait le long de mes cuisses. Je souris. C'était la première fois que j'appartenais à quelqu'un et c'était bien. Cela valait ce barbare rituel du sang versé. Sur le sol palpitait encore une capote pleine de foutre. Toujours allongé sur le ventre, je tendis la main, levai au-dessus de mes yeux la capote lourde et chaude. Longtemps j'allais être amoureux de cette petite chose de latex.

Il fallait pas. Il fallait pas que ce gros type se fasse dézinguer du côté du canal Saint-Martin, juste après m'avoir bourré le pif (et le cul au passage, à l'œil). Et il fallait pas que Tatiana, dans l'après-midi même, vienne chez moi (et encore officiellement chez elle) pour demander le divorce.

J'ai d'abord défendu :

– T'es folle, si tu divorces avant les délais, tu vas t'asseoir sur ta demande de nationalité !

– Je sais, mais j'ai pas le choix.

Je vous raconte tout ça en vous faisant grâce de l'accent à couper au couteau de la petite.

J'eus alors droit à une version des steppes de Roméo et Juliette, où le balcon était remplacé par la croupe d'un cheval en travers de laquelle, d'ordinaire sous ces latitudes, on jette une femelle glapissante. Roméo s'appelait Taras (pas Bulba mais presque) et elle s'appelait déjà Tatiana. Il avait 12 ou 13 ans et elle à peine 8, et il l'avait violée à même la croupe du cheval avant de lui jurer un authentique amour éternel, car le jeune cosaque avait été initié à Pouchkine par un pope évidemment crasseux comme un peigne et qui avait profité de Pouchkine pour greffer au gamin quelques morpions sur sa petite queue. Puis le Roméo transi avait mis la drôlesse au tapin, gare centrale de Kiev, puis Moscou, puis Saint-Pétersbourg. Un diplomate français était alors tombé amoureux de la jeunette, âgée de 13 ans, avait promis qu'il l'adopterait en France après l'avoir glissée dans la valise diplomatique. À la descente de l'avion le diplomate était mort d'une glissade ponctuée d'une crise cardiaque. Tatiana avait profité de l'émoi et du désordre ambiants pour s'échapper.

Quelques années plus tard elle m'épousait.

Et aujourd'hui elle voulait divorcer parce que le cosaque amoureux proxo transi avait fini par la retrouver.

Et il était de fort méchante humeur. Tendance homicide.

Au West Largo, dans les vapeurs du sauna, je suis tombé sur Franck. Pas vraiment tapin mais plutôt gigolpaf, qui se prend son mec à l'année. Qui choisit son grossium, puis finit par se casser après avoir sauté le fils, le chauffeur et parfois la bonne si elle est asiatique car les asiatiques sont étroites. Au West Largo justement, Franck a rencontré le type qui l'avait violé quand il avait 12-13 ans. « Pourtant je kiffais déjà sur les mecs… Il aurait pu demander gentiment, mais bon… Là, dans les vapeurs, il m'avait pas reconnu… Je l'ai allumé minable dans le jacuzzi, le pied planté sur son sexe. Mais j'ai pas voulu consommer sur place… Il m'a emmené chez lui et je me demandais si je devais le tuer à cause de mon enfance détruite, violée, enfin tu vois, ce genre de connerie… Finalement non, car je l'ai écouté, ce salaud. Enfin, ou plutôt tu vois, j'ai pas eu le temps… Au bout de 30 ou 40 whiskies, il s'est mis à chialer, m'a dit qu'il n'arrêtait pas d'expier une faute qu'il avait commise quand il était plus jeune : le viol d'un petit garçon. Ce petit garçon c'était moi, pas de doute. Je le lui ai dit. On a bien ri. Il n'a plus voulu me toucher. J'étais sa faute. Sa faute avec du poil aux pattes… Regarde mes mollets et mes cuisses, reconnais qu'ils sont les plus beaux de la planète… Je lui ai demandé 10 000 euros sinon je racontais tout à sa femme. Il avait la somme dans son coffre. Toujours en riant il m'a filé le blé. Je me suis cassé. J'ai jeté le fric dans une poubelle. J'étais content. Demain j'allais faire un heureux… Ahhhh ! Salaud ! t'étais pas obligé de me sucer pendant que je te raconte tout ça ! »

Ça y est ! Le cosaque est à mes trousses ! Après s'être pris l'équivalent de deux ou trois Paris-Roubaix sur son frais minois, la môme a dû lui balancer mon adresse, mon pedigree, voire mon code génétique, même si elle ne l'a vu que de très très loin étant donné qu'on n'a pas vraiment échangé nos fluides… Aujourd'hui, les cosaques ne vont plus à cheval mais en bécane. J'aurais dû me méfier de ce motard qui a soudain bloqué son engin à ma hauteur alors que je badais de la goule sur un trottoir de la rue de Rivoli. Il a levé la visière de son casque. Il doit être plus ou moins parent avec une gorgone de Notre-Dame mais je ne flaire pas tout de suite l'asiate plein de vices et de mauvaises intentions. Il me demande je ne sais plus quel renseignement à la con mais c'est juste pour vérifier en deux trois secondes si je ne suis pas le fils de la crémière. Une fois la vérification faite il sort de son blouson un *gun* allongé d'un silencieux, le plante dans le creux de ma poitrine de vélo, je ferme les yeux et je me revois tout petit en train de faire pipi au lit, il appuie sur la gâchette. Clic, reclic et rereclic… Rien. L'arme s'est enrayée. Dieu doit se balader rue de Rivoli, sans doute du côté de la Samaritaine. Je déguerpis pieds dans le dos. Juste le temps d'entendre l'autre glapir dans une espèce de yaourt bulgare. J'entends un rayon de soleil chuinter à mon oreille droite. Un rayon de soleil monté sur une longue et belle lame qui va se perdre… je ne veux pas savoir où. Je saute dans un bus, puis un deuxième, un troisième. Mais la moto est toujours là. Il aurait été plus malin de prendre le trome mais vous savez ce que c'est, les métros ne sont jamais là quand vous en avez besoin... C'est une petite église, une toute petite église de quartier, qui ne donne pas sur un majestueux parvis mais carrément sur l'étal de fruits et légumes d'un épicier arabe. J'entre dans l'église. Paix, fraîcheur et pénombre. Grésillement des cierges et toux réverbéré d'un sacristain. Je m'abrite derrière un pilier et, là, à la différence de Claudel (Paul), ce n'est pas Dieu que je tripote mais mon portable. Je compose le 06 de mon poulet d'amour. Après tout, ne s'est-il pas autoproclamé mon « protecteur »? Mais j'arrête très vite ma partition pour un seul doigt. Une forte odeur de caoutchouc et d'huile brûlées vient de faire reculer les effluves d'encens au plus profond de la nef. Des bottes crissent sur le froid pavement. Je risque un œil derrière mon épaule. Pas de doute, la silhouette que je distingue est plus proche de celle de mon tueur que de celle du Saint-Père. Le mécréant n'a pas enlevé son casque dont il a juste levé la visière. Cela lui donne l'air d'une énorme fourmi dressée à la verticale. Dans trente secondes il sera sur moi. Je recule dans la pénombre. Et comme j'ai dû voir faire ça dans un vieux film, je m'enferme dans un confessionnal. C'est un peu plus cosy qu'une banale cabine téléphonique. J'active à nouveau mon portable mais je n'ai pas le temps de composer le numéro de mon ami flic qu'une voix fait soudain:

– Je vous écoute.

Je lève les yeux. Un guichet vient de s'ouvrir et je distingue un profil penché. Qui répète:

– Je vous écoute.

La voix est jeune, étrangement basse, avec un soupçon d'accent latino. Je m'entends répondre :

– Heu... j'ai péché, mon père.

– Oui.

– ...

– Je vous écoute.

– Voilà... J'ai couché avec un homme... Non... deux... ou plus...

– En avez-vous retiré du plaisir ?

La question me déconcerte, mais je réponds quand même :

– Ben... oui.

– Dieu est Amour pour chacun de ses enfants, et surtout pour les plus affligés de ses enfants car ceux-là ont le combat le plus difficile. Les homosexuels ont leur place dans le vaste troupeau du Seigneur, et malheur à qui leur jettera la pierre. Mais ils doivent combattre le mal qui est en eux, et vivre dans l'abstinence. Aime et tu seras aimé. Consomme et tu seras consommé...

– Consumé vous voulez dire... Consumé dans les flammes de l'enfer.

– On peut voir les choses comme ça.

– Mon père...

– Oui ?

– Y a-t-il moyen de sortir de cette église sans être remarqué ?

– Pourquoi cette question ?

– Un homme me poursuit... Il en veut à...

– Je vois. Il est dans l'église ?

– Oui. Avec un casque de moto et plein d'idées mauvaises dessous.

– Donc nous n'avons pas le temps de prier ensemble ?

– Pas vraiment, mon père.

– Attendez-moi.

Je l'entends se lever, sortir du confessionnal. Une minute ou deux plus tard il ouvre de mon côté, avec un insolite air cérémonieux de chauffeur de maître. Au-dessus de moi son ombre est gigantesque.

– Suivez-moi.

Je le suis. Très vite nous entrons dans le bric-à-brac sacerdotal d'une sacristie. À la lumière d'une fenêtre je peux enfin détailler celui qui vient de sauver mes fesses en attendant de sauver mon âme. Là, j'ai un choc. C'est que le diable et le Bon Dieu ont dû conclure la paix des braves pour concocter une telle merveille. Un visage viriloïde mais adouci par le flot de cheveux très noirs qui tombent façon coiffe égyptienne sur ses épaules. Au-dessus de pommettes saillantes, deux yeux verticaux d'où sourd une lumière verte, ainsi qu'un étrange regard où se mêlent à la fois bonté, spiritualité et sensualité. Sensuelle est aussi sa bouche, aux lèvres bien rondes qui appellent le baiser et mieux encore. Sous sa fringue de clergyman, je devine un corps souple aux muscles joliment dessinés. Je devine aussi, et cela achève de me rendre dingue, ces poils drus qui se dressent sur son torse, ses avant-bras, ses cuisses, son cul… Devant tant de jolies choses, devant ce superbe fruit défendu, à la pureté du Christ et à la noirceur séduisante du diable, je me sens fondre Marie-Madeleine. À propos du Christ, il ne devait pas, au départ, être plus faraud que moi quand Satan lui a proposé la botte en haut de la montagne…

Quel âge peut avoir cet amour de prêtre ? Plus vieux que moi, c'est sûr, mais pas de beaucoup. En attendant, ses yeux ne cillent pas tandis que je le scanne à mort, mettant en mémoire chacune de ses perfections, vue ou devinée. Et croyez-moi ou pas, pour ce genre de chose j'ai plus de mémoire vive que tous les ordinateurs de la Nasa réunis !

Aïe ! j'ai l'impression que ses yeux viennent de se poser juste sur… Le rouge me monte au front. *Merde ! pourvu qu'il ne s'aperçoive pas qu'il me fait bander !* J'essaie de détourner son attention. Et bien entendu, ce faisant, je ne peux m'empêcher de sortir une bourde, avec un rire forcé et complètement crétin :

– Dieu me pardonne, mon père, mais avec un physique pareil, vous avez dû rendre dingues une tripotée d'archevêques !

Normalement il aurait dû m'assommer à coups de crucifix jusqu'à ce que je crache tous les serpents et tous les crapauds de mon corps, mais il se contente de me désigner du menton la porte qui est derrière moi.

– Cette porte donne sur un jardin qui lui-même donne sur une rue qui va vers le canal Saint-Martin. Au revoir.

À tout prendre, j'aurais préféré qu'il m'estourbisse à coups de crucifix plutôt que d'entendre cette voix trop douce, aux basses envoûtantes.

J'esquisse un geste de la main qui veut dire à la fois salut et merci et je tourne les talons. J'entends alors cette voix toujours douce mais qui cette fois-ci vibre un peu :

– Mais n'oublie pas que la maison du Seigneur t'est toujours ouverte.

Je sens alors une onde de chaleur bienfaisante partir du creux de ma nuque, déferler en vagues lentes jusqu'au creux de mes reins et irradier jusqu'au bout de ma queue que j'ai encore raide. Pas de doute, ce type doit être sorcier, et j'imagine fort bien ses ancêtres, probablement andins, proférer des incantations magiques tout en pataugeant dans le sang des vierges préalablement baisées par leurs soins. Dieu que ces vierges ont dû être heureuses en recevant le dard puis la lame de ces hommes des temps sauvages !...

Je me retourne et ne peux m'empêcher de goguenarder :

– Bien, la maison du Seigneur m'est ouverte, mais je demande qui ?

Bizarrement, il répond :

– Ne demande rien. Ni personne.

Le fait-il exprès ? Quand il ouvre brusquement la porte métallique d'une petite armoire pour y ranger son étole, s'y trouve collée une étiquette sur laquelle je peux lire « Père Lucio ».

Rien que la vision de ce nom superbement calligraphié à l'encre verte me fait bander encore plus dur, si cela était possible. J'ai de plus en plus de mal à quitter la place.

– Vous lui avez parlé ?

– À qui ?

– Au type qui me pourchassait.

– Oui.

– Et alors ?

Il a un brusque et surprenant sourire, large comme la main, juvénile et canaille.

– Je crois que c'est un bel empaffé.

J'en resterais presque le cul par terre. Mais très vite il se reprend.

– Je veux dire en cela que son âme est bien noire. Certes, on peut la sauver, mais il y a du boulot.

Puis, songeur, il termine :

– On peut tout reprocher à Satan, mais reconnaissons qu'il a un sacré estomac. Un estomac d'avaleur de couteaux.

– Je vous écoute.

– J'ai péché, père Lucio, et je pèche encore. Par la pensée.

– Je vous écoute.

– Je ne sais pas si je suis amoureux de vous, père Lucio, mais j'ai terriblement envie de baiser avec vous.

– Je vous écoute.

– Vous le dites vous-même : Dieu est amour. Aime et tu seras aimé. Baise et tu seras baisé… Il ne se passe pas une nuit sans que je torde et macule les draps de ce lit vide de ton corps. Mes yeux sont pleins de tes yeux, ma bouche est pleine de ta bouche. Tu es au bout de chacun de mes doigts qui caressent mon sexe, excite mon trou… Mais ce n'est que du vide. Je pousse en vain mon cul sur ta queue imaginaire mais aucun liquide chaud n'explose en moi. Seul mon foutre s'égoutte tristement entre mes doigts et tes lèvres ne sont pas là pour le recueillir…

– Je vous égoutte.

– Vous désirer est péché, père Lucio. Vous imaginer dans mon cul l'est encore plus. Et me jeter sur vous pour vous obliger à quelque sordide faveur achèverait de me damner. Mais comment puis-je oublier l'éclat vert de vos yeux, ce corps vivant et puissant que je devine sous la chasuble, ce sexe qui, malgré ta volonté, durcit chaque matin à ton réveil, fièrement dressé contre ton ventre ? Comment puis-je oublier tout cela ?

– T'as qu'à m'imaginer vieux et moche, connard !

La porte du confessionnal vient de s'ouvrir comme les portes de l'enfer. Un casque de moto, un long bras en cuir et au bout de ce bras un gun allongé d'un silencieux à l'œil noir.

La part du cauchemar nécessaire à chaque rêve.

Ça y est, Bambi est à nouveau amoureux. Mais il préfère dire *amoureuse.* Bambi n'aime pas qu'on dise qu'il est noir, et encore moins black. Il a lu quelque part que le noir, c'est l'absence de couleur. Le noir, c'est une espèce de transparence qui se verrait. Black, c'est l'horreur absolue, le Mogul de banlieue, le *jeune* tribal, toujours un pet de travers et le sourire à l'envers. Manque de classe absolue. De toute façon, si Bambi met les pieds en banlieue, il sait que non seulement il en sortira mort et violé, mais que son cercueil sera à peine plus grand qu'une boîte d'alloufs. Bambi, si *belle*, si *précieuse,* et d'une grande fierté, préfère se dire « peul ». Les « Peuls », dits aussi « Foulbès » sont un peuple de pasteurs nomades qui pérégrinent dans les savanes d'Afrique occidentale, quelque part à cheval sur le Sénégal et le Cameroun. On ne connaît pas trop leur nombre exact. Désormais, les Peuls seraient majoritairement sédentarisés. Sauf Bambi qui a réussi à franchir les obstacles de l'Afrique subsaharienne, d'une mer toujours démontée par les frégates de la police maritime. Mais c'était d'autant plus facile pour Bambi qu'il était encore dans les couilles de son père. D'ailleurs, tout petit, Bambi a appris à courir d'une couille à l'autre, mais ça, c'est une autre histoire. Les Peuls ont la peau claire (enfin pour des Noirs), les membres finement musclés et déliés, des pommettes hautes, une bouche joliment dessinée en fruit défendu, des yeux de gazelle cillés au kilomètre près. Cependant je ne crois pas que tous les Peuls ont ce côté pétasse qu'affiche volontiers Bambi, ces yeux levés, faussement horrifiés devant l'abjection des « gros cons » (c'est-à-dire tout le monde à part lui et son confident du moment), le vol papillonné de la main, s'achevant toujours par un brutal angle cassé, las, vers le bas. Bizarrement, quand il s'agit de son sexe, je veux dire de sa queue, Bambi redevient masculin, africain. Un jour que, tout en fumant des pétards, nous barbotions dans le jacuzzi d'un richemane qui voulait qu'on le baise tous les deux, il a brandi sa queue au-dessus des remous et a fanfaronné en prenant une voix de roi nègre tout droit sorti d'une lointaine exposition coloniale : « Ça, c'est pas une queue de Blanc ! » L'herbe était trop bonne, j'ai rigolé, pris sa queue dans une main et pointé un doigt sur la base de cette fine et longue verge, puis j'ai glosé. « Ce n'est pas que les Noirs ont une bite plus grande que celle des Blancs, c'est juste une affaire de morphologie. Les os iliaques du Noir sont plus enfoncés que ceux du Blanc, ce qui fait que la bite du Noir est plus externe que celle du Blanc, d'où cette impression de surdimension. » Il m'a alors regardé très sérieusement. « Alors, les bites des Noirs et des Blancs, c'est kif ? C'est juste une histoire d'os… cacolac ? » Puis il s'est penché sur moi, l'air grave. « Ne répète ça à personne sinon le cul blanc qui nous a fait venir ici, il voudra plus que je l'encule, ou pour moins cher. En plus, il va pas être content. »

– Et alors, c'est pas ton affaire, il a carmé d'avance.

– C'est pas ça… mais je connais le zèbre, quand il est pas content, il bat sa femme et viole son fils… ou le contraire, ou les deux, je sais plus…

Bambi est donc amoureux, enfin *amoureuse.* D'un Africain. « Un Africain tout blanc, tout rose, comme une friandise. Un Africain du Sud, Piter qu'il s'appelle, avec des yeux immenses, bleus comme des lacs de Norvège. Je l'ai rencontré sur un quai de la gare du Nord. Il m'a demandé de lui porter son sac, genre sac militaire, super lourd, mais je m'en foutais, j'étais déjà sur un nuage. Il cherchait une chambre d'hôtel autour de la gare. Mais on n'en a pas trouvé. Trop cher, complet ou franchement dégueulasse. Et moi je sue derrière lui, avec son gros sac sur les épaules. Crois-moi, je suis alors la plus *heureuse* des *femmes.* Je finis par lui proposer de venir dormir chez moi. Chez moi, tu connais, c'est juste un timbre poste avec un lit au milieu, un seul, et tout petit. Mais il accepte et me prévient tout de suite qu'il n'est pas homo. Je lui dis que de toute façon je n'aime pas les homos. Il rigole. Maintenant ça fait deux semaines qu'il partage mon lit. Il tolère que je le caresse, que je le suce, mais pas question de baiser. Il croise les bras derrière la tête, ferme les yeux. Il fait semblant de s'endormir, éjacule dans ma bouche, un simple mouvement du bassin, puis il s'endort encore plus, en me disant dans le plus profond de son sommeil de lui foutre la paix. Je m'allonge à ses côtés et je me branle lentement en lui caressant les couilles. C'est là que je suis la plus *heureuse* des *femmes.* »

Je n'écoute plus Bambi. J'ai déjà résumé sa triste petite histoire de cul. Il est tombé croque d'un petit con d'Afrikaner, probablement raciste, et qui veut bien se taper (enfin presque) une putain nègre parce que les poupées gonflables sont hors de prix et difficilement transportables dans un sac à dos militaire.

La suite du récit de Bambi me paraît plus intéressante. « Je te répète, il n'est pas schbeb. Mais un jour qu'on se baladait du côté d'Opéra, on est passé devant un groupe de skins. Alors, Piter, pour la première fois depuis qu'on se connaît, m'a pris par la main et m'a embrassé dans le cou. Les skins nous ont entourés, la bave aux lèvres. Je me voyais déjà *morte*. Piter a alors relevé la manche de son blouson jusqu'à l'épaule. Je te l'ai pas encore dit mais Piter a sur l'épaule un tatouage, une de ces mochetés nazies, tu sais, une croix gammée avec une tête de chien ou de loup juste en dessous. Les skins se sont arrêtés, façon statues de sel, sont devenus tout blancs, enfin plus blancs que d'habitude. Celui qui semblait être leur chef – plutôt bômec d'ailleurs, avec une jolie petite gueule de frappe – a alors souri et ordonné la retraite. Depuis, j'ai l'impression que ces skins nous suivent partout, Piter et moi, à distance mais pas de façon menaçante. Qu'est-ce que t'en penses ? »

La question me surprend, mon imagination étant déjà en train de battre la campagne. Je m'ébroue et tente de relativiser les choses.

– Tu sais pourquoi ton Africain d'amour ne t'enculera jamais ?

– Non.

– Parce que c'est déjà fait.

Rien qu'à la roideur de son port de tête, je devine qu'Ugo, mon amour de petit flic proxo, n'est pas venu pour parler business ou tendresse. Après avoir refermé doucement la porte derrière lui, il s'appuie dessus et me lance :

– Félicitations, môme, tu viens d'hériter.

– Combien ?

– Tu demandes pas d'abord de qui tu hérites ?

– De qui ?

– D'un certain Fouad M'Basso.

– Connais pas.

– C'était un tapin, plus connu dans le milieu sous le nom de Bambi.

Je me retourne, chancelle jusqu'au lavabo, prends solidement appui sur la faïence et me regarde dans la glace. Mon Dieu, je viens de prendre mille ans et j'ai l'œil comme un poisson pris dans un bloc de glace. Je fais :

– Comment c'est arrivé ?

– On l'a retrouvé dans le canal Saint-Martin, étranglé, probablement violé à plusieurs reprises si on en croit certaines lésions.

– Le canal Saint-Martin ?

– Oui. Comme ton autre copain, ce gros enfoiré d'Albert Longin.

– C'était pas mon copain, juste un client.

– Tu ne vois pas qui pourrait en vouloir à des gens qui te sont proches ?

– Non.

Je lui parle quand même de Taras, le Roméo cosaque et proxo de Tatiana. Mais je précise que ce dégénéré des steppes n'en veut qu'à moi, n'a aucun intérêt à alimenter les rares chacals à nageoires du canal Saint-Martin. Ugo se contente de répondre d'une voix vague :

– Je vais m'en occuper, de ton cosaque... Ça ne t'intéresse pas de connaître ton héritage ?

– Si.

Il sort d'une poche intérieure de son blouson une grande enveloppe de papier kraft et en vide le contenu sur mon lit. Il y a là cinq billets de 100 euros, une photo de Bambi enfant, un carnet de tickets de métro...

– Comment tu sais qu'il voulait que je sois son héritier ?

...un abonnement à moitié entamé pour la piscine des Halles...

– Dans son journal intime il y avait une lettre, manuscrite et signée, donc qui a valeur de testament, et puis, comme il était seul au monde...

...une mince plaquette de poèmes signés Fouad M'Basso...

– Qu'est devenu ce journal intime ?

– Quelqu'un à la PJ est chargé de le lire au cas où on trouverait le début d'une piste entre deux fautes d'orthographe. Mais faut pas rêver, la mort d'un tapin... L'affaire sera vite classée si rien ne la relie au meurtre d'Albert Longin. Je te ferai parvenir le journal dès que…

…un jeu de préservatifs et de lubrifiants sous cellophane…

– Pas la peine. Sa vie, je la connais par cœur. C'est à peu près la même que la mienne. Vaste enculade.

…un billet de loto… Ugo fait :

– Le tirage a lieu ce soir. Un loto spécial, 7 millions d'euros en jeu.

Là, il se force à sourire.

– Qui sait, avec un peu de chance, ton héritage cendrillon va se réveiller jolie princesse.

…un rosaire de méchant plastique blanc avec un crucifix et un médaillon de la Vierge… Il continue :

– Son billet a été acheté dans un tabac de la rue de T., pas loin d'ailleurs du canal Saint-Martin, et sans doute pas longtemps avant sa mort.

Je porte à mes lèvres la photo de Bambi enfant, la frôle…

– Il avait un lapin en peluche.

– Il a dû rester dans sa piaule. Je te le ramène si je mets la main dessus.

– Merci. Depuis quelque temps Bambi était amoureux… *amoureuse* d'un drôle de sale type, Piter, un Afrikaner, plus ou moins skin, plus ou moins pédé.

La voix d'Ugo se met à gronder sourdement :

– Tu pouvais pas le dire plus tôt ?

– Tu aurais dû le savoir puisque ce Piter vivait chez lui.

– Chez la victime il n'y avait nulle trace d'une autre personne. Tu l'as déjà vu, ce… ce Piter ?

– Non.

– Alors ton Bambi en manque d'amour se l'est peut-être inventé, son bel Afrikaner. Quoique ça serait plutôt tordu de la part d'un Black.

– Peut-être.

Je savais Bambi plus ou moins mythomane mais il aurait été incapable d'inventer un tatouage représentant une croix gammée et une tête de chien ou de loup.

– Tu couchais avec Bambi ?

Ce n'était pas une question de flic.

– Non. J'ai jamais aimé baiser avec les Noirs. Et puis, Bambi était trop folle pour moi. Enfin, c'était presque mon frère.

– Il était séropo. Mort déjà, si ça peut te consoler… Bon, bébé, il faut que j'y aille.

Il se retourne. J'accroche son bras.

– Reste avec moi cette nuit.

– Impossible.

– J'ai peur, et après tout tu es mon protecteur.

– Ça, ça peut se revoir, tu sais.

Je me laisse tomber à ses genoux, enserre ses cuisses, agrippe son cul à travers la toile de son jean, presse mon front, ma bouche contre son sexe.

– Je veux que tu me fasses l'amour, Ugo, toute la nuit, vraiment l'amour, pour une fois, une fois seulement.

Il rigole.

– D'accord, bébé, j'aime te prendre, rapidement, comme ça, à la sauvage, mais passer toute une nuit avec toi, faire l'amour, comme tu dis, à une petite gonzesse, une petite putain comme toi, tu rêves! Je t'aime bien, bébé, mais l'amour c'est autre chose, je ne serai jamais ton mec...

Cependant sa voix se fait de plus en plus basse à mesure que je sens son sexe gonfler démesurément sous la pression de mon front, de ma bouche.

– ET PUIS MERDE!

D'une main, Ugo vient de saisir ma tête à pleine tignasse tandis que de l'autre il dégage son sexe. Il a juste trois ou quatre mouvements de va-et-vient sur sa queue et très vite son sperme explose en abondance sur mon visage fermé. Je hume, je lèche jusqu'à la folie ce liquide chaud et odorant. Déjà j'entends le bruit des pas d'Ugo décroître dans l'escalier. Je reste comme un con, à genoux devant la porte close, la gueule et les cheveux maculés. À mon tour, je dégage mon sexe tendu, recueille sur mon visage le sperme encore chaud d'Ugo, en enduit ma queue et commence à me caresser, lentement, yeux mi-clos. Je veux jouir le plus tard possible. Salaud, j'ai quand même réussi à faire l'amour avec ton corps.

Deux heures plus tard. Le foutre a séché sur mes cuisses nues, sur les poils encollés de mon pubis, et je me tiens accroupi devant la télé allumée à même le sol. Dans le drôle de tambour transparent roulent les boules multicolores du loto. On dirait de gros yeux exorbités. Sept millions d'euros. La machine tourne de l'œil. Qu'est-ce que je pourrais faire avec 7 millions d'euros ? D'abord offrir à Bambi un superbe mausolée au père Lachaise. Oui, il aurait sûrement aimé ça. Un mausolée avec des anges fessus et joufflus et, pourquoi pas, un phallus et des couilles que des femelles hystériques auraient secrètement adorés, puis que de vieilles Anglaises auraient brisé à coups de marteau, comme elles l'ont déjà fait avec les couilles qui ornaient la stèle d'Oscar Wilde.

La première boule roule au fond du tube. 16. J'ai coupé le son car je ne supporte pas cette voix de femelle synthétique et cette musique d'ascenseur. Qu'est-ce que je ferais avec 7 millions d'euros ? J'achèterais cet immeuble rien que pour voir mes chers voisins venir me manger dans la main après m'avoir depuis si longtemps écrasé de leur regard lourd de mépris ou de suspicion. 24. J'achèterais un château en Irlande, au bord d'une mer toujours démontée, avec un jardin pour y planter un âne ou un cheval. 33. J'achèterai un moteur neuf pour la vieille Renault 21 de mon frère. 4. J'installerai un sauna dans la cave, et un jacuzzi. 8. Je n'arrêterais pas de faire la pute mais je choisirais mes clients, jeunes, beaux et pas amoureux. 38. Je paierais un généalogiste pour qu'il retrouve le lointain bâtard à l'origine de mes emmerdes. Numéro complémentaire, le 7. Je me paierais une croisière sur la Seine, au moins jusqu'à Rouen, pour voir à quoi ça ressemble, le cul d'une vache et un Normand… Oui, c'est incroyable tout ce qu'on peut faire avec 7 millions d'euros. Je regarde le reçu de Bambi, le froisse en boule au creux de ma main et le jette derrière mon épaule. C'est pas demain que je remonterai la Seine jusqu'à Rouen. Pauvre Bambi, de lui je n'aurai hérité que la poisse.

J'ai la flemme de me nettoyer la queue et les cuisses à l'eau froide. J'ai la flemme aussi de chercher mon slip, je passe juste un pantalon et je sors. Mes pas me guident vers le canal Saint-Martin. Sur les pavés mal joints du quai de Jemmapes je croise des gueules veules et quémandeuses. Ma petite frime d'amour dans la semi-pénombre en excite plus d'un. Certains se retournent, me suivent en se massant les couilles. Il y a eu deux morts assassinés dans le canal, mais ça ne leur fait ni chaud ni froid, à ces pauvres types. Une aura de violence attire même certains désespérés du sexe. Sous l'arche d'un pont une dizaine de corps mêlés halètent. Des mains me palpent l'entrejambe, soupèsent, expertisent. Merde! je n'étais pas venu pour ça. Un type réussit à me coincer. Je le devine puissant, viriloïde. Il dégage une forte odeur de poil roux ensué. Bras ballants, visage clos, je décide de me laisser faire. J'espère seulement que ça ne prendra pas trop de temps. Le rouquin s'excite la queue d'une main tandis que de l'autre il baisse prestement mon froc jusqu'à mi-cuisse. Puis il se branle violemment tout en me caressant le cul, les couilles. J'espère qu'il va jouir très vite. Non, il me retourne, se baisse, plonge sa langue au plus profond de mon cul. Je commence à aimer. Une autre bouche s'est emparé de mon sexe. D'abord timide, hésitante, pleine de dents, elle s'enhardit, m'enfourne complètement, jusqu'aux sacs. Avec de légères pressions sur la nuque où roulent d'épais cheveux bouclés, je rythme son mouvement de va-et-vient sur ma tige. Le rouquin derrière moi s'est relevé. Il va m'enculer. Sa main gauche s'est glissée dans mon entrejambes, me tripote les couilles, tandis que sa main droite dirige la manœuvre de sa queue partie à la conquête de mon cul. Je sens déjà la chaude et puissante pression du gland contre mon anus…

C'est alors que j'aperçois ces yeux. Deux yeux verts, des yeux de félin qui brillent du plus profond de la pénombre, dansent au-dessus d'un entrelacs d'épaules sans tête et de culs dressés. Ils me regardent maintenant, cillent, puis disparaissent brusquement. Je bouscule mes deux camarades de jeu, dégage ma bite et mon cul, remonte vite fait mon froc et commence à courir. Une ombre me barre alors la route. Une ombre accompagnée d'une odeur fétide de cuir bouilli, graissé avec du rance. Les steppes à cosaques doivent avoir cette odeur. La lune accroche un éclat d'acier. J'ai juste le temps de m'écarter. Je me retourne. Derrière moi le rouquin ne pourra pas prétendre qu'il s'est fendu le crâne en se rasant. Taras la fourmi géante a déjà disparu, sans doute vers un monde meilleur où les lames ne ratent pas leurs cibles. Je cours, mais ce n'est pas derrière lui. Je cours pour rien, derrière d'improbables yeux verts.

Je ne cours plus. Je quitte les pavés luisants du quai, remonte vers la gare de l'Est. Je rêve d'une bière bien fraîche, normale, avec de la mousse au-dessus et des bulles en dessous. Le bar-tabac de la rue de T. est encore ouvert. C'est là que Bambi a acheté son billet perdant du loto, peu de temps avant de se faire violer, étrangler et jeter dans le canal. Le loufiat qui est en train de me tirer une 16 en regardant l'horloge a été interrogé par mon amour de poulet. Je n'ai aucune difficulté à imaginer la scène à partir du peu que m'en a raconté Ugo.

Ugo glisse sous le nez sans fin du loufiat une photo de Bambi.

– Vous connaissez ce garçon ?

– Non. C'est-à-dire, ce n'est pas un habitué mais je me rappelle très bien de lui. Pensez donc, ce genre de paroissien, ça se remarque de suite. Attifé comme un sapin de Noël. Il a fait un loto puis commandé un truc de pédé, Malibu ananas je crois. C'est le mort du canal ?

– Oui.

– Ça aussi c'est encore un truc de pédé.

– Il était seul ?

– Oui.

– Il paraissait connaître quelqu'un au bar ou dans la salle ?

– Non.

– Il a téléphoné ?

– Non.

– Il semblait attendre quelqu'un ?

– Peut-être bien. Il regardait tout le temps sa montre. Mais ce n'était pas pour un rendez-vous ici même. Plutôt à l'extérieur, pas loin d'ici.

– Qu'est-ce qui vous fait dire ça ?

– J'ai l'habitude, Monsieur. J'en ai vu, au bar, des amants qui attendaient que le légitime se trisse pour aller sauter leur grosse.

– Et c'est l'impression qu'il vous a laissée ?

– Un peu. Mais, vu son pedigree, c'est sûrement pas une grosse qu'il avait l'intention de grimper.

– Quand il est sorti, quelqu'un l'a suivi ?

– Je sais pas, je l'ai pas vu sortir.

– Bref, c'est tout ce qu'il a fait : faire un loto, boire au bar son truc de pédé, regarder sa montre puis sortir ?

– Oui.

– Merci. Je vous dois combien pour la 16 ?

– Je vous dois combien pour la 16 ?

– Deux euros, jeune homme.

Une chose est sûre, Bambi, trop amoureux, *amoureuse* de son Afrikaner, ne pouvait avoir de rendez-vous galant. Un rendez-vous « professionnel » alors ? Un bourgeois qui adore se faire défoncer le cul par une queue de nègre quand Bobonne est partie chez sa doche.

Violent crissement de pneus dans la rue. Je me retourne machinalement. Un taxi enguirlande un bo-bo juché sur un vélo hollandais et qui lui tend un prolétarien doigt d'honneur à peu près aussi crédible qu'un boudin-purée au Grand Véfour. Mais je ne regarde plus le taquemart furax et le bo-bo au boudin-purée. À quelques dizaines de mètres de là, à l'autre bout de la rue, évidente sous le halo d'un réverbère, je reconnais la petite église où le père Lucio m'a sauvé la vie pendant que mon âme pouvait encore attendre.

Comme un automate je sors du rade. L'église est close sur ses confortables bondieuseries. Je fais le tour, arrive dans une petite rue perpendiculaire. Je n'ai aucun mal à reconnaître la porte du jardin par laquelle je me suis échappé, en direction justement du canal Saint-Martin. La porte s'ouvre. Je recule dans un coin d'ombre. Le père Lucio paraît. Je reconnais ses yeux verts et ovoïdes, étonnement luisants, sa silhouette à la fois puissante et juvénile. À nouveau un trouble voluptueux m'abrutit les sens. Je m'ébroue, parais dans la lumière

– Mon père…

– Oui.

À l'évidence il m'a reconnu et ne semble pas s'étonner de ma présence.

– Où étiez-vous il y a… une petite heure ?

Là encore ma question ne semble pas l'étonner.

– Je faisais répéter une chorale. Pourquoi cette question ?

Je m'approche un peu plus, hume l'air autour du prêtre. Non, il ne sent pas la pisse, la sueur et le sperme, cette odeur prégnante et indélébile qu'on ramène toujours des moites et sombres étreintes du canal Saint-Martin. Le père Lucio sent le frais, la myrrhe et l'encens.

– Mon père, connaissiez-vous un certain Bambi ? Un jeune prostitué noir.

– Le devrais-je ?

– Je ne sais pas.

– Venait-il se confesser ici ? Chercher du réconfort ?

– Je ne sais pas.

Je sors d'une poche la photo que m'a léguée Bambi, la tend au prêtre.

– Le reconnaissez-vous ?

– Mais... mais c'est un enfant !

– Il l'était encore à sa façon... Vous savez, il n'avait pas beaucoup changé depuis l'époque où a été prise cette photo.

– S'il est venu se confier à moi je ne peux rien te dire.

J'aime bien quand le père Lucio se met à me tutoyer.

– Il a été tué. Violé, étranglé et jeté dans le canal Saint-Martin.

– Mon Dieu !

– Comme vous dites... Dites-moi seulement si vous le connaissiez.

– Dieu l'a connu et l'a sans doute maintenant reconnu. Seul cela importe.

Il va pour s'éloigner, hésite, sort d'une poche un rosaire qu'il me tend. Je sursaute. Le rosaire est d'un méchant plastique blanc, se termine par le classique crucifix, mais doublé d'une médaille de la Vierge. C'est le même rosaire que celui retrouvé parmi les pauvres effets de Bambi.

– Ce rosaire bien modeste a cependant été béni par les sœurs indiennes de Tijuana. Il t'aidera à prier. Pour ton ami, pour tes semblables et pour toi-même...

– Je n'ai pas les mots.

– Dieu n'a pas besoin de mots pour lire dans ton cœur... Reviens me voir quand tu veux.

– Père Lucio ?

– Oui ?

– Je vous aime. J'ai envie de faire l'amour avec vous.

– Je ne peux rien pour toi.

– Alors, n'auriez-vous pas pour moi une photo de vous à poil ?

– Bien sûr. Tiens. Mais ne la pollue pas trop vite, je n'en ai pas beaucoup.

– Merci père Lucio.

– De rien.

Des pubs « irlandais », il y en a désormais un max à Paname. Mais si je mets des guillemets c'est parce qu'ils sont plus bidons les uns que les autres, à peu près aussi irlandais que moi je suis vache espagnole. Aux heures d'affluence tu as des portiers vachement négroïdes qui te flairent le derrière comme dans n'importe quelle adresse miroir à putains de la capitale. Et derrière les pompes à bière s'activent de drôles de cochons d'Inde esclavagés à mort. Mais le Parisien de base n'est pas trop regardant du moment que la Guiness coule à flot et qu'un orchestre bâtard s'échine avec conviction sur un violon pelé et une gratte enrouée. Partout dans le monde il y a des « pubs irlandais », sauf en Irlande. En Irlande il n'y a que des pubs qu'on n'a pas besoin de dire « irlandais » vu qu'ils sont en Irlande…

À Paris, le O'Madden est l'exception qui confirme la règle. Nulle part il n'y a marqué « pub irlandais ». Il y a juste incrusté dans le verre dépoli « O'Madden ». À l'intérieur il y a plein de filles qui ne sont pas nécessairement rousses et tavelées de son mais qui ont toutes les joues rondes comme des fesses d'ange, l'accent mélodieux et le rire facile. Les serveurs, beaux comme des dieux, ressemblent à Burt Lancaster ou à Richard Burton, lesquels n'étaient pas irlandais mais auraient pu l'être. D'ailleurs ils ne ressemblent pas à des serveurs mais à des clients qui sont juste passés derrière le bar. Le patron du O'Madden s'appelle Sean O'Madden Burke. On le voit rarement et on sait qu'il passe ses journées à l'étage du dessus à inventer des figures improbables sur un billard français. Et je sais que ce n'est pas du chiqué s'il a garni les murs de son pubs de portraits photographiques de Shaw, Beckett, Sheridan le Fanu, Flaherty, Joyce, Stocker, et même de ce petit enculé d'Oscar Wilde, autrement dit 99 % du meilleur de la littérature dite « anglo-saxonne »... Mais si je vous parle du O'Madden, c'est à cause du troisième serveur, celui des après-midi vides, celui qui ne ressemble ni à Burt Lancaster ni à Richard Burton. Il est un peu plus jeune que moi, a un corps d'ado pas encore fini, une frimousse de fille encadrée de lourds cheveux couleur de feu qui tombent en cascade sur ses épaules, un corps blanc, glabre et étroit, des yeux pétillants dans le bleu gris et tout plein de boutons d'acné. Généralement je kiffe sur des mâles achevés, avec de vrais morceaux de muscle plantés de poils drus, mais je suis obligé d'avouer que je suis croque de ce môme. Pas vraiment pour un plan cul. J'ai juste envie de le serrer dans mes bras, de mordiller la peau de son visage, d'éclater sous ma dent ses purulences acnéiques et d'en avaler les écoulements. Je ne me vois pas en train de l'enculer et je ne le vois pas en train de m'enculer mais tout est possible une fois qu'on est devant (ou derrière) l'animal. Et si j'imagine très bien sa bouche de fille en train de me sucer, sucer sa bite que je devine modeste dans son nid de poils clairs n'est pas le premier de mes fantasmes. C'est autre chose. L'un de ces après-midi vides où il y avait de l'orage dehors et pratiquement personne sur les hauts tabourets du pub, Bran (c'est son blase) et moi nous nous étions offert des pintes de Kilkenny. Après plusieurs pintes je lui ai dit non pas que je l'aimais (ç'aurait été ridicule) mais que j'avais envie de lui faire l'amour. Ce qui était faux mais je ne pouvais décemment pas lui dire que je rêvais de lui bouffer ses boutons d'acné comme autant de groseilles. Il m'a alors répondu très sérieusement mais avec cet accent irlandais qui rigole tout le temps :

– Je n'aime pas les garçons.

Puis, songeur, il a ajouté, s'adressant plus à lui-même qu'à moi, comme s'il s'agissait d'une brutale révélation :

– Je n'aime pas les filles non plus. Aimer, faire l'amour, ça doit être fatiguant à force.

– Tu ne baises jamais alors ?

– Si. Avec ça.

Il m'a alors plaqué sa main droite sur le visage. Et je me suis surpris à lécher avec avidité sa paume et ses doigts, comme si du sperme, son sperme, en dégoulinait encore. Cela a duré à peine une seconde car il a très vite retiré sa main et lancé d'un air sincèrement dégoûté :

– Mais c'est dégueulasse ce que tu fais !

– Fallait pas me chercher.

Un bruit de billes qui s'entrechoquent nous a fait lever les yeux vers le plafond. Le vieil O'Madden avait repris ses figures improbables sur le feutre vert du billard français. Bran s'est servi une demie pinte de Kilkenny et a poursuivi d'une voix neutre :

– Tous les matins il me demande de venir dans sa chambre et de me branler devant lui. Ça ne me gêne pas car en fait il ne regarde pas.

– Et lui, pendant ce temps, qu'est-ce qu'il fout ?

– Il lit. Des trucs très sérieux, de la poésie, je crois. Et il lève les yeux sur moi seulement quand j'éjacule. Son regard est alors juste celui d'un instituteur très attentif. Une fois, j'ai commis l'erreur de gémir pendant que je giclais dans ma main. Il m'a battu comme plâtre en me traitant de sale petite gonzesse.

– C'est un malade !

– Peut-être, mais c'est un chic type et un très bon patron.

Une idée m'a alors traversé l'esprit.

– Et si toi et moi nous faisions l'amour devant lui, mais silencieusement, sans émettre le moindre gémissement de plaisir, tu crois que ça le botterait ?

Cette dinguerie n'a même pas étonné ou choqué Bran. Il a juste haussé les épaules.

– Peut-être. Mais moi ça ne me plairait pas. J'aime pas qu'on me touche.

Si je vous parle de tout ça, du O'Madden, de Bran, mon monosexuel à l'acné fruité, c'est seulement parce qu'aujourd'hui, en poussant la porte du O'Madden comme j'en ai l'habitude tous les mercredi après-midi après la piscine, je réalise la connerie que je viens de faire. Tout ceux que j'approche ou avec lesquels j'ai une demi once d'intimité sont menacés de mort violente. Voilà ce que je suis en train de réaliser. Alors, maintenant que la porte du O'Madden se referme derrière moi, je fonce vers le bar, salue à peine Bran, lui commande ma pinte de Kilkenny, jette cinq euros sur le comptoir, m'empare de ma mousse à peine reposée et vais me réfugier à la table la plus éloignée, juste sous le téléviseur géant branché sur Euro-Sport. Je sirote la bière en feignant d'ignorer les petits coups d'œil intrigués et déçus que me jette Bran de l'autre côté de ses pompes. Vient le moment où je vais descendre pisser ma Kilkenny. Je pisse en traçant des anneaux d'urine autour d'un mégot planté dans l'urinoir, je rote, me rebraguette et me retourne. Bran me fait face, ses yeux bleu gris plus pétillants que jamais, la lippe tremblante, son acné rougi jusqu'à l'incandescence. Il parle très vite, rageur :

– Tu me fais la gueule ?... D'accord, t'as gagné, je veux bien baiser avec toi mais je te préviens, je sais pas sucer, je sais pas enculer, je veux pas que tu m'encules et j'ai une bite d'à peine 12 centimètres...

Merde ! merde ! merde !... Il y a des jours comme ça, des jours de maldonne, où un tout petit bonheur tombe mal à propos. Et ma sensualité finit toujours par l'emporter sur le reste, le reste, c'est-à-dire les eaux troubles du canal Saint-Martin...

– D'accord, mec. Je te récupère à la fermeture, à 2 heures.

Furieux contre lui, contre moi-même, je grimpe deux ou trois marches, me retourne :

– Tu sais, nous ne sommes pas obligés de parler d'amour toi et moi... Quant au sexe, moi aussi je sais lire de la poésie.

Autant le dire de suite, au paddock Bran n'est pas l'affaire du siècle. Mais qu'il se soit donné à moi, même de petite façon, me comble. Pour le moment. Longtemps je me suis heurté à ses yeux, sa bouche, son corps clos. J'ai caressé et léché avec délice sa peau très blanche et glabre, au velouté de pucelle, jusqu'aux purulences acnéiques de son visage. J'ai déposé des baisers gourmands sur son sexe qui, effectivement, ne devait pas aller au-delà des 12 centimètres. Je l'ai pris dans ma bouche mais jamais je n'ai réussi à déclencher sur ce petit organe la moindre émotion verticale. J'ai alors installé Bran à genoux en face de moi et lui ai demandé de se branler puisque apparemment c'était la seule chose qu'il savait faire. J'ai pris dans une pile de livres à côté de mon lit un fascicule de poésies. *Alcools* d'Apollinaire. Yeux mi-clos, caressant la pointe brusquement durcie de ses seins, Bran s'est exécuté pendant que je lisais à voix haute…

Un soir de demi-brume à Londres
Un voyou qui ressemblait à
Mon amour vint à ma rencontre
Et le regard qu'il me jeta
Me fit baisser les yeux de honte

Je suivis ce mauvais garçon
Qui sifflotait mains dans les poches

Nous semblions entre les maisons
Onde ouverte de la mer Rouge
Lui les Hébreux moi Pharaon

...Bran a joui très vite, avec autant de bonheur que de tristesse. J'ai recueilli son sperme au creux de la main, ai enduit ma verge tendue, me suis branlé à mon tour en fourrageant dans ses cheveux. Je l'ai forcé à s'allonger et j'ai longuement éjaculé sur son visage. Il a bien tenté d'échapper à cette pluie chaude et lourde mais je tenais fermement sa tête au creux de l'oreiller. Puis nous nous sommes endormis, posés côte à côte, comme deux gisants, totalement indifférents l'un à l'autre. Vers cinq heures une violente érection m'a réveillé. J'ai allumé l'applique au-dessus du lit. Bran était sur le ventre, les jambes légèrement écartées, son petit cul joliment rebondi entre le creux des reins et ses cuisses oblongues. Je me suis agenouillé au-dessus de lui, mes couilles posées sur ses cuisses, ai enduit mon sexe de salive et je l'ai planté, lentement, millimètre par millimètre. Dieu qu'il était étroit, vierge indubitable. Un moment il a grimacé sa douleur du plus profond de son sommeil puis ses traits se sont apaisés tandis que je continuais à glisser en lui. Je suis resté longtemps planté dans son cul, sans bouger. J'attendais. J'attendais un simple mouvement, un appel. Qui a fini par venir. Bran a eu un léger mouvement du bassin vers le haut, presque imperceptible, accompagné d'une brève pression du sphincter sur ma queue. Et ce presque rien m'a suffit. J'ai éjaculé à longs traits au fond de son cul.

Maintenant je me retire, me redresse. Ma queue en dépression est gluante de foutre et de sang. Mais je ne la regarde pas. Pour la première fois, alors que j'ai cru jusque-là avoir visité la moindre parcelle de son corps des yeux et des lèvres, je remarque ce tatouage sur son épaule gauche : une croix celtique au-dessus d'une tête de chien ou de loup. D'accord, cette croix-là est celtique mais elle m'en rappelle une autre, et cette tête de chien ou de loup me rappelle une autre tête de chien ou de loup. Mais voilà que j'ai désormais trop sommeil pour réfléchir plus avant.

Au matin, déjà bien avancé, je remonte de la boulangerie un bouquet mélangé de croissants et de pains au chocolat. Bran est assis en tailleur sur le lit, tout songeur.

– Qu'est-ce que tu as ?

– Rien… J'ai rêvé cette nuit qu'on m'enculait.

Il a dit cela de façon très sérieuse, mais avec cet accent chantant irlandais.

– Et alors ?

– J'ai mal au cul. Et il y a plein de sang sur les draps. Et mon cul, mes cuisses, c'est tout dégoûtant, poisseux.

– Tu es thé ou café ?

– Café. Avec un peu de lait.

– J'ai pas de lait.

– Tant pis. Tu m'as violé ?

– Oui. Tu m'en veux ?

– Non. Je suppose que ça commence toujours comme ça.

– Pas toujours, mais souvent. Et dans ton rêve, c'était comment ?

– Bizarre.

– C'est quoi ce tatouage que tu as sur l'épaule ?

– Je sais pas. C'est très vieux, tu sais, j'ai l'impression d'être né avec… Et maintenant que tu m'as baisé, tu vas m'aimer ?

– Je sais pas.

Bon, il y avait déjà ce jambon-beurre élastique qui lui faisait bouger les dents du fond à chaque fois qu'il tirait dessus, et maintenant il y avait ce jeune type à la brosse blonde qui le matait à l'autre bout du zinc. Les pédés n'ont décidément peur de rien. Se cachent même plus. Dans la rue, dans un bar-tabac banal à mourir, ils plantent leurs yeux dans les vôtres, vous désapent à distance, mesurent votre bite, pèsent vos couilles au millimètre et au milligramme près. Puis, au petit bonheur la chance, ils attendent un signe de votre part. Ils ratent leur coup cinq fois sur six mais paraît que le jeu en vaut la chandelle. Et, de toute façon, la simple excitation de la chasse est déjà une grosse part de bonheur. Ugo déteste se faire draguer, déteste draguer, déteste la perspective du jeu de la séduction, puis les mamours interminables, les confessions intimes, et ce moment éprouvant où il faudra s'allonger dans un lit et faire l'amour jusqu'à l'aube. Puis les petits matins à bouche pâteuse, et le douloureux souvenir des stupides promesses d'hier. Quelle perte de temps et d'énergie pour de trop longs échanges spongieux de salive et de trop brefs jets de liquide séminal qui vous laissent abrutis, nauséeux et brutalement lucides… D'ailleurs ce jeune type n'est pas son genre. Beau gosse certes, mais trop viril, trop mâle, trop adulte. Le genre de prédateur qui aime prendre son temps et finit toujours par vous humilier, imposer son empreinte durable. Et puis aussi le genre acrobatique au lit, qui se regarde faire l'amour comme s'il était un personnage de vidéo X, t'invente des trucs, t'encule avec un axel et un triple salto, te lime pendant trois heures avec une de tes jambes cassée sur son épaule droite. Puis, une fois qu'il t'a bien bourré le cul, il se jette en arrière, lève ses jambes très haut, s'écarte les fesses à pleines mains et exige que tu l'honores à ton tour. Oui, ce jeune type à la brosse blonde devait être ce genre d'acrobate, adepte des nuits de 24 heures. Ugo préfère les étreintes violentes et brèves avec des petits choses sans gravité, sans conséquence, à la fois farouches et dociles. Ils sont tellement amoureux de toi que tu n'as pas besoin d'être amoureux d'eux. Ils le sont pour deux. Te compliquent pas la vie, te filent même le blé qu'ils gagnent avec leur cul. Avec leur cul ils gagnent quatre ou cinq fois ce que gagne un flic mais ils restent toujours de fragiles fleurs de caniveau, qui te kiffent jusqu'à l'adoration parce que tu as une grosse queue dans le calbute, dont tu uses avec violence, et une autre grosse queue dans un étui latéral. C'est comme ce petit tapin que je viens de maquer. M'en fous de son blé, c'est juste un prétexte. En fait je bande pour sa petite gueule, pas la peine de me raconter des histoires. Je ne suis qu'un gros pédé, une tarlouze de première, pas une crapule. Même si le fric facile, j'adore, comme pratiquement 90 % des poulets. Les 10 % restants sont trop jeunes, trop vieux ou trop fatigués. Mais surtout pas honnêtes. L'honnêteté, c'est le faux nez des timorés.

Ugo sentit alors une brusque onde de sueur froide dégouliner le long de sa colonne vertébrale. Voilà ce que c'est d'être obnubilé par le cul des mecs. On se méprend sur ce qu'il peut y avoir au-dessus de ce cul. Ce jeune type qui n'arrêtait pas de le mater à l'autre bout du zinc, avec dans les yeux ce qui n'était en fait que de l'effronterie... *Bonjour lieutenant, excusez-moi de vous déranger dans votre pénible duel avec ce sandwich dégueulasse... IGS... bœuf carottes si vous préférez et si ça peut vous changer de votre ignoble jambon-beurre... trois voyages aux États-Unis dans l'année, un écran 16-9 payé cash, une maison de pêcheur dans l'île de Ré... Le poulet se serait-il marié la poule aux œufs d'or?... Cédric, 17 ans, prostitué... Tadeus, 16 ans, prostitué... Jonathan, 18 ans, prostitué... Que vous baisiez ces jeunes garçons, pourquoi pas, tous les goûts sont dans la nature même si la nature n'est pas dans tous les goûts... Que vous ne les payez pas, soit, ces gentils garçons peuvent avoir leurs grands élans du cœur à l'adresse de la police méritante... Mais que vous piquiez la moitié de leurs tunes, cela a un nom, lieutenant... Proxénétisme et, d'une façon générale, pourriture en gros, demi-gros et détail.*

Ugo se laisse tomber de son tabouret de bar, les jambes aussi caoutchouteuses que le Paris-beurre dont il vient d'engloutir le dernier morceau avec sa dernière gorgée de bière. Il veut savoir. Se dirige vers les toilettes. Pour y aller, il est obligé de passer devant le jeune type à la brosse blonde. Ça y est, il vient de le passer et fond dans l'escalier étroit qui mène aux toilettes. Ugo est à la fois apeuré et soulagé. Apeuré car le type a bel et bien l'odeur de la « Grande Maison ». Soulagé car il n'est pas de l'IGS (variante d'odeur proprette de rond de cuir), ni même de la BRP (odeur de tabac froid typique des longues nuits de planque), et encore moins de la Crim' à laquelle appartient Ugo. Non, le jeune type à la brosse blonde a une variante d'odeur policière qu'Ugo ne connaît pas. Encore un de ces services spéciaux plus ou moins officiels et qui se nichent dans les combles ou les caves des palais de la République.

Ce soir-là je montais dans ma piaule l'un de mes habitués. Le genre de type qui ne veut pas se faire remarquer dans un hôtel avec un ramier de mon espèce, qui n'aime pas non plus baiser dans une voiture ou un parking, et encore moins chez lui vu que sa bourgeoise ne doit pas être très joueuse. Le vrai petit faux cul qui se passionne pour le bout de ses chaussures tant que la porte de ma piaule ne s'est pas refermée sur notre duo d'enfer. Mais bon, il n'est pas trop compliqué, me demande juste de l'enculer avec tout un tas de godes de tailles variables qu'il transporte dans une mallette Vuiton.

À peine ai-je poussé la porte que je vois tout de suite la patate. À l'évidence une femme de ménage saisie de frénésie parkinsonnienne a dû passer par là. Ma misérable petite armoire a vomi tout son contenu sur le sol, mon lit a été retourné, éventré, le plancher arraché à certains endroits et, vu la cendre qui traîne par terre, l'intérieur de ma cheminée a été scrupuleusement auscultée.

– Qu'est-ce… qu'est-ce qui s'est passé ? déglutit derrière moi l'ami des godes.

– Je sais pas. Peut-être un contrôle fiscal un peu poussé.

– Ne dites pas de bêtises ! Je suis du fisc et on ne procède pas comme ça.

– C'est vrai. Vous, c'est pire.

Je me dirige vers la cheminée, soulève le couvercle du compotier qui est posé dessus.

– Non, il ne s'agit pas du fisc, sinon il ne me resterait plus un fifrelin. Or, à l'évidence, on a pas touché à mon blé.

– Quoi qu'il en soit, moi je reste pas là. Je ne tiens pas à être mêlé à vos affaires… On se reverra un autre jour.

Je bondis jusqu'à la porte et attrape par le col le seul agent du fisc favorable à une baisse de la TVA sur les godes :

– Écoute, mec, à cause de toi j'ai dû annuler un rendez-vous avec le dalaï-lama, alors file-moi mon fric sinon je te traîne avec le plus gros de tes godes dans le cul jusqu'au premier bureau des contributions directes que je trouverais, OK ?

D'accord, ça ressemble un peu à de l'entaulage, mais disons que je suis de très méchante humeur… Maintenant que ce connard est reparti un peu moins riche qu'avant, le découragement m'accable. Je sors mon portable. Qui pourrait m'héberger pour cette nuit ? Franck ? Non, il voudra encore qu'on sorte jusqu'à l'aube, qu'on fume, qu'on picole, qu'on baise, ensemble ou / et avec d'autres. J'ai pas envie de tout ça. Bambi ? Merde, c'est vrai, il est mort…

– Bran ?

– Oui.

– C'est moi. Je peux dormir chez toi cette nuit ?

Je sais qu'il a une piaule du côté de la Mouffe. Il fait :

– Je remplace Logan, l'un des serveurs de nuit, alors je termine tard. Passe au pub prendre les clés.

– Je te remercie, bébé.

– De rien.

C'est tout. Il ne m'a même pas posé de question. J'ai juste saisi un léger tremblement dans sa voix. Se peut-il qu'il me laisse s'installer dans sa vie comme le ferait sans façon un chat trouvé dans la rue ?

Je compose le 06 d'Ugo, tombe sur sa messagerie.

– Ugo, mon petit poulet d'amour, t'es toujours mon protecteur, non ? J'ai des problèmes, on a retourné ma piaule. Les forces du mal s'intéressent de plus en plus à mon petit cul.

Je referme la porte de ma piaule (celle-ci n'a pas été violentée, juste forcée avec infiniment de délicatesse qui a laissé l'hymen de la serrure intacte). Puis je vais boire un whisky dans le rade en bas de chez moi. Sans glace. Le trait de feu me revigore et fait exploser un feu d'artifice dans mes neurones. J'ouvre machinalement *Le Parisien.* Tiens, l'appartement d'Albert Longin a été visité il y a deux nuits. Sa veuve, seule cette nuit-là, a été ficelée et scotchée au fond de sa baignoire comme une vulgaire moule marinière. L'appartement a pratiquement été démonté pièce par pièce mais on n'a pas volé grand chose. La police pense au gang des saucissonneurs qui sévit depuis quelque temps dans l'ouest parisien, mais le journaliste fait deux remarques plutôt futées : 1) Ce cambriolage qui suit de très près l'assassinat non élucidé d'Albert Longin entre difficilement dans la case des braquages relevant du simple banditisme. 2) Vu le peu de choses de valeur emportées et la visite plus que méticuleuse de l'appartement, il est évident que les braqueurs cherchaient quelque chose de précis.

Je referme le journal et, après avoir vérifié ce qui me reste de monnaie en poche, commande un nouveau whisky car le feu d'artifice de tout à l'heure ne me propose plus que des pétards mouillés. C'est alors que j'entends une voix qui fait quelque part : « Allô ? Allô ? » Ça vient de ma poche. Je sors mon portable :

– Oui, je vous écoute.

– Comment ça « Je vous écoute »? C'est vous qui m'avez appelé!

La voix est jeune, avec un fort accent entre l'anglais et l'allemand. Et je comprends ce qui s'est passé. J'ai un portable d'une très grande sensibilité. Non pas qu'il rougit jusqu'au bout de son antenne quand il m'entend proférer des grossièretés ou des mensonges gros comme un président de la République française, mais, quand je fouille dans mes poches, comme tout à l'heure, et que je le manipule involontairement, il lui arrive de composer un numéro de mon répertoire. Sauf que dans mon répertoire il n'y a personne avec ce genre d'accent. Alors je fais:

– Je pense qu'il a dû y avoir une couille quelque part... Mais ça ne vous empêche pas de me dire qui vous êtes.

Il s'est déjà déconnecté. J'avise alors que le numéro que je viens involontairement d'appeler est celui de... Bambi. Un quidam a récupéré son portable, un quidam que je devine être un amour d'Afrikaner. Et ce quidam sait maintenant qui vient de l'appeler malencontreusement puisque mon numéro et mon blase sont dans le répertoire du portable de mon adorable et défunte petite pouffiasse noire.

J'avale un trait de whisky et sourit à mon verre. Au moins, les présentations sont faites.

Il n'y a pas encore grand monde au O'Madden quand j'y fais mon entrée. Et surtout il n'y a pas de Bran derrière le bar. C'est Sean O'Madden Burke lui-même qui préside aux pompes. C'est un vieux type très beau, un physique de gladiateur à la retraite (quoique... il n'a pas dû y avoir beaucoup de gladiateurs à la retraite...). Un magnifique visage léonin et une stature tout en muscles bruns, dressés de poils neigeux, saillant d'un débardeur bleu pétrole collé à même la peau. Tout de suite il me lance :

– C'est inutile de chercher Bran. Comme il est de nuit, je l'ai envoyé faire une sieste.

Là il lève un doigt dans une direction qui doit être celle de ses appartements quelque part dans les étages mais c'est aussi un doigt que je pourrais interpréter différemment.

– Il m'a laissé ça pour toi.

Un jeu de clés traverse les airs. J'intercepte, remercie d'une simple inclination de la tête et vais pour tourner les talons.

– Tu boiras bien quelque chose ? C'est moi qui offre.

Je m'approche du bar et me juche sur un tabouret.

– Alors ça sera une Kilkenny. La demi-pinte.

Il fait mousser ma demi-pinte sous la pompe et va se servir un Perrier.

Il toque son verre contre le mien. Puis lâche, comme une simple évidence :

– Je sais très bien que tu n'es pas amoureux de lui.

– Alors, où est le problème ?

– Tu joues avec lui.

– C'est vrai. C'est un petit animal que je viens de prendre dans mes griffes et je veux juste savoir jusqu'où il peut aller.

Un moment passe. Il reprend, très calmement :

– Ce n'est pas un petit animal. C'est... un fils du soleil.

– C'est ça, et moi j'appartiens à la Force obscure.

– Peut-être.

– Vous lisez trop de poésie, m'sieur O'Madden.

– Il vous l'a dit ?

– Oui.

Là, je jurerais qu'il rougit sous son hâle. Je rigole presque :

– Hé ! ne vous affolez pas, m'sieur O'Madden, je ne vais pas vous le voler, vot' môme !

– On ne peut pas me voler quelque chose qui ne m'appartient pas.

– Merci pour la bière, m'sieur O'Madden.

Je vais entrer dans le métro quand mon portable sonne.

– Oui ?

– Ce serait pour un rendez-vous.

Les affaires reprennent.

– Comment avez-vous eu mon numéro ?

– Par un ami à moi qui est aussi un de vos... amis. Le bouche à oreille, si vous préférez.

– Je vois. Il vous a parlé de mes tarifs ?

– Ça n'a aucune importance, je suis preneur. À mon hôtel, dans une heure, ça vous va ?

Je ne savais justement pas quoi faire de ma soirée. Il me donne une adresse et son numéro de téléphone. Une minute plus tard, je rappelle :

– Oui.

– C'est encore moi. Je téléphonais juste pour contrôler.

– Je comprends.

La voix est jeune (chic !), assurée. Pas le miché de base. Dois-je me réjouir ? Dois-je me méfier ? Qui vivra verra ; ça fait partie des règles du jeu. Il m'a donné rendez-vous dans une chambre d'hôtel porte de Bagnolet. L'un de ces hôtels anonymes et moyen de gamme pour déjeuners et coucheries d'affaire.

Le type a la trentaine vachement réussie, plutôt craquant avec sa brosse blonde au-dessus d'yeux très clairs. Il n'a rien de l'homme d'affaire qui a juste envie de se taper un cul vite fait bien fait entre deux rendez-vous. Il ne sent pas non plus l'homme marié. Du mini-bar il sort une mominette de whisky et un jus d'orange. Le whisky est pour moi. Je fais :

– On paie d'avance.

– Pas de problème.

Il me tend un biffe de 100 euros que j'enfouille de suite.

– Pour ce prix-là, c'est une demi-heure.

– D'accord. Va prendre une douche.

Il a dû deviner en moi la journée longue et visqueuse. Enfin, c'est ce que je crois d'abord. Car, alors que je me lave la bite et le cul à grandes eaux, il vient me rejoindre à poil dans les volutes d'eau. Je pense : encore un type qui a dû avoir sa première érection en regardant *Psychose.* J'espère seulement que sa bite n'est pas du genre contondant. Non, pour l'instant sa bite est juste une petite merveille encore endormie dans le nid velu de ses couilles. Je note au passage qu'elle est circoncise. Hygiène ou religion ? Va savoir, et de toute façon ce n'est pas mon affaire. Il me demande de lui shampouiner le sexe. Son dard surgit au-dessus de la mousse, et pas seulement parce qu'il suffoque. Un moment je commets l'erreur d'égarer une main dans la fente fessière du type. D'une forte tape sur la tête il me ramène sur le droit chemin. Chasse interdite, chasse gardée, que sais-je ? Il a maintenant plaqué ses mains sur mes épaules, me force à m'agenouiller. D'un seul coup de reins il a enfourné sa queue et ses couilles dans ma bouche. La mousse me donne envie de tousser mais je suis un brave petit soldat. C'est la première fois que je pompe un nœud en faisant des bulles. Un moment sa queue vibre au plus profond de ma gorge, je crois qu'il va exploser, m'inonder les poumons. Non. Il se retire, me relève, me retourne, m'écarte les cuisses, le cul, m'enfile, me lime. C'est puissant, long, délicieux. Il se retire, éjacule au creux de mes reins. C'est rare que j'éjacule avec un client, sauf bien sûr s'il me paie pour ça, une éjac faciale par exemple (c'est cher mais il y a toujours preneur). C'est sûr, ce con-là m'a fait prendre mon pied. J'espère seulement qu'il ne s'est aperçu de rien. Question de principe. Mais l'eau vaporeuse qui continue à couler drue a vite fait d'envoyer nos humeurs mêlées dans le tourbillon du siphon.

On se resape en silence dans la chambre. Je me dirige vers la porte en lançant, vraiment sincère :

– Des clients comme toi, c'est cool. N'oublie surtout pas mon numéro. Et si tu veux t'abonner à mon cul, je te fais un prix, promis.

– T'en vas pas tout de suite !

Je me retourne, vaguement surpris.

– Approche-toi de là.

Du menton il me désigne le lit, une espèce d'horreur fonctionnelle comme on en trouve toujours dans ce genre d'hôtel. Je rigole :

– Hé, chéri, t'as déjà refait le plein de spermatos ? OK, je suis partant pour la même séance que tout à l'heure, sans bulles et à l'horizontal, mais il faut alors me présenter une autre belle image.

– Que dalle ! J'ai adoré ton cul mais pour l'instant laisse-le où il est. Approche.

Je remarque alors, étalé sur la courtepointe du pageot, un jeu de photos, toutes retournées. Il en prend une et me la tend sous le nez. Je reconnais « Serviette éponge », ci-devant Albert Longin. Il a un sourire de jocrisse, est accroché au bras d'une bourgeoise qu'est sûrement sa femme, elle-même greffée à une espèce de chien de laboratoire, tandis que derrière ce couple exemplaire sourit faussement un jeune mâle qui doit avoir la même raison sociale que moi et dont je suppose les mains collées sur le cul de madame et sur le portefeuille de monsieur (ou le contraire). Moi, je n'ai pas envie de sourire.

– T'es flic ?

– Plus ou moins. Et beaucoup plus que moins.

– D'accord, je connais le type, celui qu'a une tête de gros con. C'est un client à moi. Enfin, c'*était*... vu qu'il s'est reconverti en poisson d'eau douce.

– Tout ça je le sais. Je veux seulement savoir s'il t'a laissé récemment quelque chose, un paquet, ou un message...

– Non. J'étais son vide-couilles, pas son notaire.

– Tu es sûr ?

– D'être son vide-couilles ?

Il a une respiration lente et menaçante.

– Ne te la joue pas perso, môme. C'est ta vie qu'est en jeu.

– Ça, c'est pas nouveau... Mais je te jure, à part des engelures aux lèvres vu qu'il fallait trois plombes pour le faire bander un peu plus que mou, ce gros con m'a rien laissé.

Sa respiration s'apaise.

– C'est bon. Casse-toi.

J'ose :

– C'est quoi toutes ces photos ?

Je parle des photos retournées sur le lit. Bizarrement, il consent à me répondre :

– C'est juste une jolie galerie d'affreux et de minables. Un petit pédé à trois balles, un Afrikaner qui a du TNT en guise d'ADN, un Africain nègre et mort, un flic pas très malin mais amoureux, un prêtre bizarroïde et (sauf que lui je vois pas trop ce qu'il vient faire là) un Cosaque d'humeur homicide.

Je joue le type qui revient de la planète Mars.

– Et je suis censé connaître tous ces gens-là ?

– Oui.

Ma voix s'assèche. J'arrête de jouer la pute, je ne tutoie plus le gazier.

– Vous êtes sûr que vous n'avez pas de petit Irlandais dans votre galerie ?

– Tu as le droit à une vie privée, bonhomme.

– Je suis en danger ?

– Oui.

– Vous êtes... ami ou ennemi ?

– Ça dépend de toi.

– Je peux partir ?

– Oui.

Je me retourne une dernière foi, à nouveau pute et tutoyant.

– T'étais pas obligé de m'enculer pour me poser toutes ces questions.

– C'est clair, c'était pas prévu. Mais dès que je t'ai vu, j'ai eu une violente érection.

– Dois-je prendre ça comme un compliment ?
– Oui.
– Bon, comme flic je te sens pas trop, mais je te veux bien dans mon fichier clients.

En sortant de l'hôtel, je passe devant le piano-bar. En grappes de chauves-souris au-dessus du piano, des radasses entre à peine jolies et franchement flapies me lancent un regard mauvais ainsi que l'écho d'une rumeur où il est fortement question de l'organe d'un mécanisme, d'une machine, d'un véhicule que l'on commande avec le pied. C'est que mon jean moule-couilles, moule-cul et mon T-shirt à marée basse au-dessus du nombril trahissent ma raison sociale. Pour toute réponse je leur expédie un missile de chez Pétasse, notre mère à tous et toutes : un simple battement de paupière accompagné d'une léchouille en arc parfait de ma langue sur ma lèvre supérieure. Les pouffiasses crissent des Michelin de tracteur qu'elles ont en guise de babines.

Mon portable sonne. C'est Ugo. Vaguement furax.

– Ramène fissa tes miches de moineau.
– Où ça ?
– Chez toi.
– Qu'est-ce qui se passe ?

Il a déjà coupé.

Devant chez moi il y a un drôle de ramdam. Un festival de gyrophares dans la nuit enfin tombée. Des voitures de police, une ambulance. Dans l'ambulance on charge un cadavre dans son body-bag. À ma gauche, deux jeunes, un paki et un renoi connus pour être des horticulteurs de balcon et pour délivrer sans ordonnance dans tout le quartier leurs plantes insolites et pas vraiment reconnues par la Faculté, deux jeunes, donc, discutent à voix basse et néanmoins audible :

– Paraît que c'est Pablo, le gardien du 36, qu'on a retrouvé suriné dans sa loge.

– Merde ! L'était sympa, Pablo !

– Ouais. Y m'devait encore 20 keusses.

– N'empêche que tout ça, c'est pas bon pour le petit commerce.

– C'est clair.

Pablo, c'est, ou plutôt c'était, le gardien de mon immeuble. Je crois qu'il était d'Orthez mais il prétendait qu'il avait fait la guerre d'Espagne dans la poussette de ses parents anarchistes. Il était plutôt sympa, même s'il m'en voulait un peu depuis le jour où je lui avais fait comprendre qu'il n'était pas mon genre de beauté. Une beauté fauchée.

Sur ma droite, Ugo recueille les confidences d'un voisin tout épaté de comprendre enfin la bonne et unique raison de sa présence sur terre : témoigner dans une affaire de meurtre.

– Écoutez, inspecteur…

– Lieutenant… on dit : lieutenant. Comme à l'armée du Salut.

– Oui, enfin bref. Je passe devant la loge et, là, j'entends une discussion. À voix forte. C'était pas une engueulade mais presque. Le Pablo, y disait comme ça à une tierce personne…

– Ils étaient trois ?

– Comment ça « trois » ?

– Vous parlez d'une tierce personne… Mais bon, continuez.

– Donc, le Pablo, un chic type soit dit au passage…

– Oui, il va beaucoup nous manquer.

– Comme disait le poète : un seul être vous manque…

– Et c'est le bordel, je sais. Donc, Pablo disait ?

– Pablo disait : « Le petit pédé du troisième, je lui donnerai son colis quand il aura payé ses trois loyers de retard ! Mais il m'évite, la garce… Je crois même que pour ne pas avoir à passer devant ma loge il sort de l'immeuble en passant par les toits, comme un vulgaire chat de gouttière. » Voilà ce que disait ce pauvre Pablo.

– C'est tout ?

– Oui. Enfin non. Il a ajouté à son… à son…

– Interlocuteur ?

– Non. À son… vis-à-vis, voilà, vis-à-vis. Il a ajouté : « J'ai expliqué ça au coursier. Mais il s'en foutait. Alors, ce colis, je le garde. Et c'est pas vous qui… qui… »

– Qui quoi ?

– C'est à ce moment là qu'il est arrivé.

– Qui ça ?

– Ben, mon ascenseur.

– Bien. On vous convoquera pour une déposition. En attendant, pas un mot à la presse.

– Pourquoi ?

– Vous n'êtes pas photogénique.

C'est alors qu'Ugo s'avise de ma présence. Il s'approche, gueule fermée avec les yeux en guise d'écrous.

– Alors comme ça, le *petit pédé du troisième* ne paie pas ses loyers ?

Je me renfrogne, épaules rétrécies, mains dans les poches.

– C'est bidon ! Avec mon proprio j'ai un arrangement !

Involontairement je viens de sortir une main de mes poches pour la plaquer contre mon bas-ventre. Ugo se marre :

– Franchement, t'es un vrai castor, je me demande ce que tu ferais sans ta queue !

C'est à mon tour de me marrer :

– Sans ma queue, je ferais danseuse légère !

– D'accord... En attendant, la danseuse légère va aller faire des pointes jusqu'à sa piaule et m'attendre. J'ai à te parler.

Le West Largo, c'est l'endroit où je fais le vide. Dans ma tête, les pores de ma peau, et parfois mes couilles (quoique leur sollicitation frénétique...). Je crois que je vous ai déjà parlé du West Largo, un sauna-hammam-jacuzzi-salle-de-muscu-baisodrome sur trois niveaux.

Évidemment pédé. Les mecs tournent en rond, suent, sucent, retournent en rond, resuent, resucent, baisent, rebaisent, resuent, retournent en rond. Dans le vestiaire, les copines se frôlent avec des pudeurs de pucelles, des politesses d'académiciens, ne tolèrent pas qu'on mate leur intimité alors que quelques minutes auparavant elles se faisaient bouffer le cul et la bite par le tout venant. Va comprendre. Pour moi le West Largo est juste un moment de détente entre deux crapuleries. Pas question de lever un lascar pour de la tune. D'abord je me ferais illico démonter la tronche par le taulier. Dans les moments d'inspiration, le West Largo m'évoque l'histoire en accéléré de notre planète (la Terre). Au sous-sol (niveau chtonien, tellurique primale), l'eau rencontre l'incandescence et des corps ruisselants, échaudés, tout neufs, naissent de la vapeur. Au-dessus, l'âge du Cul s'organise, bronze, fer. Les yeux sont de diamant, les bites crachent de l'or dans l'écrin de ton cul ou de ta bouche (enfin presque, bicause le latex...). Puis vient très vite l'hiver nucléaire, au dernier niveau. Est-ce à cause de cette putain de clim ? Ou de la lumière glauque des écrans vidéos où des bébés ricains n'en finissent plus de s'enculer ? Des corps de pierre, verdâtres, s'emmêlent mécaniquement, sans conviction. Des corps vieillis, secs. Faut qu'ils arrêtent cette putain de clim... Autour du distributeur de boissons s'échangent les dernières nouvelles du front. Franck me claque sur l'épaule :

– Tu te rappelles du petit Jim ?

– Jim-Jim-Jim-Jim… je vois pas.
– Mais si… çui qui tapinait en scooter en bas du Trocadéro.
– Je vois. Il s'appelait pas Jim mais Lim. Et alors ?
– Il est mort. Suicide.
– Merde.
– Il se trouvait trop vieux.
– Quel âge il avait ?
– 17 ans. Mais je crois qu'il trichait. Il devait bien avoir déjà ses 18 ou même 19 ans bien tassés.
– Tu peux parler, toi !
– Je suis quand même plus jeune que toi.
– Ouais, de deux mois. Et encore je parie que tu triches. À vue de nez t'a pas plus d'une semaine de moins que moi.
– Si ça te fait plaisir.
– Alors comme ça, ce pauvre Lim est mort ?
– Ben oui.
– Merde, c'est con.
– Oui, c'est con.

Mais pour l'instant je veux qu'on me foute la paix. Je veux pas qu'on me cherche, je veux pas qu'on me trouve. La peau du cul collée sur le plastique moulé de la banquette, les jambes remontées jusqu'au menton, enfermées dans le double cerceau de mes bras, je me suis enfermé dans le cocon vaporeux et chaud du hammam. Avec une politesse autoritaire j'écarte les mains qui essaient de se frayer un passage jusqu'à mes couilles. Tant pis si je vais finir par passer pour une bêcheuse du genre évanescent. Je m'en fous, j'ai un passé de Marie-couche-toi-là qui plaide pour moi. Parfois je lève une main à ma lèvre supérieure. C'est toujours enflé. Ce connard d'Ugo ne m'a pas raté…

Il m'a rejoint dans la piaule où il m'avait demandé de l'attendre et là, sans même gaffer le typhon inquisitorial qui avait tout dévasté, il m'a balancé sur le coin de la tronche une fricassée de doigts pas vraiment assaisonnée à l'huile légère de chez Puchet.

– M'enfin…

Il m'a alors plaqué son portable contre l'oreille. Je reconnais ma voix dans sa putain de messagerie. *Ugo, mon petit poulet d'amour, t'es toujours mon protecteur, non ? J'ai des problèmes, on a retourné ma piaule. Les forces du Mal s'intéressent de plus en plus à mon petit cul.*

– T'es pas fou de laisser ce genre de message ?! Si l'IGS tombe dessus, je suis bon comme la Romaine… Ces cons-là, y z'ont des oreilles qu'à côté les radiotélescopes de la Nasa, c'est juste des prothèses pour les petits vieux sourdingues des hospices.

Je pleurniche :

– J'savais pas, moi.

Il s'avise alors de mon état des lieux et sa colère retombe.

– Tu files un mauvais coton, bébé.

Il remet le lit à sa place, s'assoit dessus. Je m'assois à ses côtés. Il regarde le mur. Je regarde le bout de mes chaussures tout en plaquant un kleenex sur ma lèvre supérieure. Il reprend :

– Tu vois, bébé, si tu n'avais pas des loyers impayés depuis au moins la première ère glaciaire, Pablo, le pingouin d'escalier, t'aurait refilé le paquet qui t'était destiné. On aurait sans doute retourné ta piaule pour retrouver ce putain de paquet, on l'aurait retrouvé et le pingouin serait encore en vie.

– Alors, c'est de ma faute s'il est mort ?

– C'est ce qu'on appelle un concours de circonstances.

– Ouais, le seul genre de concours que je passe les doigts dans le cul. Qu'est-ce qu'il y avait dans ce paquet ?

– Une histoire de fou.

– Et qui c'était l'expéditeur de cette histoire de fou ?

– Albert Longin, ton miché élu du peuple. Un sacré branque, soit dit en passant. Il a piqué un truc qui fallait pas.

– Quel truc ?

– Trop long à t'expliquer, et un peu plus compliqué que la guerre des Gaules.

– Bon, maintenant qu'ils ont récupéré le paquet après avoir flingué ce pauvre Pablo, je risque plus rien ?

– Va savoir.

– Tu connais un type, jeune, plutôt beau gosse, avec une brosse blonde ?

– Oui. Un drôle de…

Il se retourne brusquement vers moi.

– Il t'a contacté ?

Un souvenir de sexe ensavonné et de bulles au fond de la gorge me revient en flash.

– Ouais, on peut dire ça.

Le rosissement de mes joues n'a pas échappé à Ugo.

– T'as couché avec ?

– Ben oui.

– C'est incroyable !... Ça t'arrive jamais de mettre des slips dont l'élastique ne pète pas dès qu'un mec te demande l'heure ?

– Hé ho... c'est pas ma faute si ce mec s'est d'abord fait passer pour un client !

Puis je rigole :

– Mais on dirait qu'il est jalmince, mon amour de poulet !

Il grogne :

– T'es conne ou quoi ? Jalmince d'une pute ? Faut quand même pas rêver !

– Tu t'es occupé de mon Cosaque ?

– J'ai mis un type de l'immigration dessus mais ça va pas être de la tarte.

Il se lève, déjà ailleurs.

– Faut que j'y aille.

– Tu ne veux vraiment pas me dire ce qu'il y avait dans ce paquet ?

– C'est plus tes oignons. Tchao.

– Tchao.

Il se retourne, faussement rieur.

– Tu me demandes pas de rester avec toi cette fois ?
– Non.
– Bien.
Il claque la porte.

Si j'arrêtais d'appuyer sur cette putain de lèvre supérieure, peut-être qu'elle me ferait moins mal. Voilà ce que je me dis en m'ébrouant dans la vapeur d'eau du hammam…

Je vais pour me lever quand soudain deux mains bien larges et puissantes se plaquent contre mes épaules. J'écarquille les yeux. Une face de cochon propret et féroce émerge de la vapeur. Je me force à sourire.

– C'est pas ton jour, mon vieux. J'ai mes vapeurs.

D'accord, c'est l'argument le plus con qu'on puisse sortir dans un hammam.

J'insiste pour me lever mais les mains du cochon cruel ont un diplôme d'avance dans l'art et la manière de l'insistance. D'autant plus qu'une autre paire de mains vient de se refermer sur mes chevilles. Je baisse la tête. Cette fois c'est une tête de jeune loup féroce qui me dévore des yeux, sournois et gourmand. Me reste plus qu'à amuser le tapis. Je me frappe le front, *tragediente* :

– Pauvre de moi ! Pauvres de vous ! Voilà que je viens de tomber en amour avec l'un de vous mais je ne sais plus lequel… Tenez, dans l'incertitude, je veux bien que vous me jouassiez aux dès. Toi, le cochon, toi, le loup, mon cul balance... Dans chaque loup il y a un cochon qui sommeille, et dans chaque cochon il y a un loup qui fait du boudin... Non ? Pas vrai ?

– Ta gueule ! T'es mort ! (Le cochon.)

– Ouais ! Ouais ! Ouais ! (Le loup.)

– Et même pas une petite pipe avant de mourir ? (Moi.)

– Non ! (Les deux.)

Le cochon vient d'ouvrir une gueule de chauve-souris (ce qui n'a jamais été prévu par Darwin) et plante quatre splendides canines dans la jugulaire que j'avais encore au cou. À l'étage plus bas, le loup a refermé sa goule sur la plus belle de mes cuisses mais pour le moment se contente de baver dessus, l'investiguant juste du bout des canines. Je lève les yeux histoire de rencontrer Dieu mais je ne tombe que sur un troisième visage. Que je connais bien. Gorgone... Gargouille... Chose bien ricanante, steak saignant et néanmoins cuit sous la selle avec ou sans fines herbes... Taras ! Mon Bulba à moi. Il sourit avec tout plein de dents jaunes... Des dents jaunes jusqu'aux oreilles... Il promène une lame de janissaire sur mon visage, se marre comme un bossu qu'aurait les dents jaunes... Deux traits de liquide chaud et noir jaillissent devant mes yeux... Un X parfait... Du sang... Je plaque les mains contre mon ventre pour que mes entrailles ne se fassent pas la malle. Mais ce n'est pas mon sang... Le loup et le cochon viennent de basculer sur le côté, dans un banc de vapeur où je ne peux plus deviner l'échappée de leurs âmes malfaisantes… Je sais seulement que leurs yeux sont des vitres sans rideaux… Autour de nous, dans la nuée, des banquiers et des épiciers en serviette rigolent et s'entrebranlent machinalement… Ce n'est qu'un jeu pour ces pouffiasses, n'est-ce pas ?… Taras me pousse sous une douche, me nettoie à grandes eaux et, toujours en se marrant, me crache sur les couilles, façon paire de bottes à lustrer… Vestiaire… Pas question de s'attarder… C'est pas qu'on siffle le pont de la rivière Kwaï mais presque quand on passe devant la bulle en verre du gus chargé de l'accueil des bites en quête de receveur(s). Je ne sais pas si ce type était en train de trier les lentilles mais il n'a pas gaffé quand on lui a balancé les clés du vestiaire après avoir jeté nos serviettes sanguinolentes dans le panier à linge.

Nous sommes sur le trottoir. La nuit est très noire au-dessus de l'éclairage urbain. Sans un mot, Taras a enfourché sa bécane et disparu. Il ne sentait pas le sable chaud et n'avait pas d'aigle sur le dos, mais, sous la douche, j'avais commencé à bander pour ce démon de l'enfer. J'avais remarqué sous sa face de gorgone asiate un corps sauvage et, en guise de cul, deux meules impeccables entre lesquelles ma bite aurait bien aimé saigner… Mais bon, j'étais devant cette évidence : mon tueur venait de me sauver la vie.

De l'autre côté de la rue je remarquai un type à cheval sur un scooter. Ce qui est désormais plus banal qu'un type à cheval sur un cheval. Il enlève son casque et sa brosse blonde accroche l'éclat d'un néon. Je reconnais mon faux miché de cette après-midi. Je m'approche. Il me fait signe de le suivre dans un bar à bières encore ouvert. Nous nous attablons, moi devant une Murphy, lui devant une basique 1664. Je parle le premier.

– C'est vous qui êtes derrière tout ça?

– Derrière quoi?

– Le pire de mes ennemis vient de me sauver la vie.

– Oui, c'est le mot… Mais désormais je suis le meilleur ami du pire de tes ennemis. Cela devrait suffire à tout expliquer.

– Pas vraiment.

– Tu ne peux pas savoir le nombre d'assassins que notre bonne vieille république tient dans sa pogne… Disons, pour faire vite, que j'ai expliqué le code de la route à ton cosaque. Je lui ai dit tous les services que t'avais rendu à Tatiana. Je lui ai dit bien sûr que t'étais phoque. Il n'aime pas les phoques mais il déteste encore plus ceux qui touchent à Tatiana… enfin, sans son autorisation… J'espère que tu n'as pas touché à cette fille… les pédés, je me méfie toujours.

– Eh! toi aussi, t'es pédé!

– Parce que j'ai couché avec une gonzesse comme toi?… Réponds d'abord à ma question.

– Non, j'ai jamais touché à Tatiana… Enfin… c'est elle qui a touché à moi… une fois… Elle m'a fait l'amour pendant que je dormais.

– Comment tu le sais puisque tu dormais?

– Sois pas con!

– Elle est amoureuse de toi ?

– Arrête tes conneries... L'amour entre homme et femme, c'est juste des histoires hormonales, rien à braire... Entre deux mecs, c'est différent.

– Laisse tomber... Taras tient à Tatiana... Taras est recherché par toutes les polices de Russie. Bref, il est dans ma pogne. Et je l'ai chargé de te protéger.

– Contre quoi ? Contre qui ?

– Le mouton ne pose jamais ce genre de question à son berger... En attendant, pas question que tu retournes chez toi. Tu vas dormir chez ta femme.

– Ma femme ?

– Tatiana.

– Mais c'est pas ma femme ! C'est celle de Taras ! Ce cinglé va me tuer !

– T'as pas compris ce que je t'ai dit ? C'est sa femme, c'est ta femme, c'est votre femme, je m'en fous, tu dors chez elle. Taras est d'accord. Forcément.

– Ouais, forcément... Mais cette nuit je dors chez...

– Ton petit copain irlandais ? D'accord pour cette nuit si t'as envie de te vider les couilles mais demain...

Je me renfrogne.

– Même ça tu le sais !

Il lape une goulée de 16, rigole grassement.

– C'est là où tu me déçois, bonhomme. Comment peux-tu être croque de ce gamin avec sa gueule de fille pleine de boutons, son corps de puceau, étroit comme une portière de vélo...

Je rigole à mon tour.

– Et qui a une toute petite bite, et qui sait même pas s'en servir…

Je redeviens sérieux au-dessus de ma Murphy.

– Mais voilà, je l'adore. Comme j'adore Ugo qui lui est une vraie brute avec un vrai braque qui ne connaît que le viol vite fait bien fait, avec claquage de lèvre supérieure. Et comme je pourrais t'aimer si t'étais pas un connard de super flic. Cette après-midi tu m'as fait jouir alors que tu n'étais qu'un trou du cul de miché. Demain, tu ne le pourrais plus parce que maintenant je te connais.

– Parle moins fort, on nous écoute.

– Je m'en fous ! J'ai couché avec la moitié de ce rade ! J'ai couché avec la moitié de Paname, j'ai couché avec la moitié du monde et, pauvre con, tu fais partie de cette moitié. Bran, lui, appartient à l'autre moitié… Tiens !… Comme la môme Tatiana qu'est aussi la plus malheureuse des drôlesses… Tu peux me mépriser, mec, me cracher dessus, mais touche pas à un garçon comme Bran… C'est… C'est le fils du soleil !

Je me tais, abruti, vidé. Ma Murphy aussi.

Je n'ai pas remarqué le sursaut de… de…

– Au fait, face de raie, depuis le temps qu'on jacte, je connais toujours pas ton blase…

– Appelle-moi Roman. Roman Braggadaccio, polonais par ma mère et vénitien par mon père…

– M'en fous des polaks et des vénitiens ! Pourquoi est-ce que tu viens de sursauter ?

– À cause de cette expression : *fils du soleil.*

C'est vrai, cette expression n'était pas de moi mais du vieil O'Madden à propos de Bran. Je sens que c'est le moment de me calmer. Je chinoise :

– *Fils du soleil*... C'est vrai que c'est taré comme expression. Mais c'est juste une image.

– Elle n'est pas de toi.

– Où est le problème ?

– Y'en a pas.

Il ment.

– Tu sais, Conan...

– Roman.

– Roman... Tu sais qu'il y a au bout de la rue une porte cochère assez profonde pour que je te présente le fils secret de la lune.

– Chiche ?

– Chiche !

Ça y est, c'est l'heure la plus chaude de la nuit. Les cinémas viennent de fermer leurs portes. Au-dessus du bar une marée montante lance ses lames empressées, quémandeuses, rieuses, à l'affût. J'ai entré dans ma petite tête le logiciel du barman abruti, indifférent. Les leviers de la pompe à bière dansent devant mes yeux, montent et descendent. Je mène le bal, ordonne la sarabande des pintes... Guiness, Murphy, Kilkenny... Des brunes et des rousses se poussent du col. Les clients français se croient obligés de me parler petit nègre, les Anglais braillent et ordonnent, les Allemands ont toujours l'air de se méfier, les Japonais ont toujours l'air de s'excuser, les Italiens sont vraiment chouettes, sincèrement aimables et attentifs. Je ne sais pas pourquoi mais il paraît que les Italiens et les Irlandais sont vraiment faits pour s'entendre. À ma gauche, sur une estrade, deux Bretons sans âge et sans cheveux régurgitent péniblement un folk basique, du celte à la con, à l'usage des béotiens. Personnellement, et comme 99 % des jeunes Irlandais, je préfère le rock et la *danse* mais les clients n'auraient pas compris. Alors on fait passer les chambres à air pour des cornemuses et les limes à ongles pour des violons, on applaudit les petits nègres à poils roux.

Le vieil O'Madden me fait toujours la gueule. Enfin… disons plutôt que je l'ai rendu triste. Il sait qu'on m'a touché, il sait que je ne suis plus pur. Peut-être même qu'il me croit amoureux. Ce matin il ne m'a pas convié à son rituel, quand je dois me caresser devant lui. À son avis les choses doivent être très simples, comme un cauchemar. Le petit ange n'a plus d'ailes, il n'est plus qu'un petit pédé tombé amoureux de ce jeune Français. C'est très simple dans sa tête de poète merveilleux et brutalement redescendu sur terre. Je me fais enculer par ce jeune Français et je hurle mon plaisir quand l'ange se fait gonzesse. Je laisse à l'appétit de mon amant mes couilles et ma bite, je lape avec gourmandise son sperme qui tombe en vagues lourdes de sa queue, j'écarte à pleines mains mon cul pour qu'il m'en refoute une giclée.

Et je crie des mots d'amour définitifs... Oui, c'est sûrement comme ça qu'O'Madden voit les choses... D'accord, ce petit Français m'a possédé jusqu'au trognon... Appelle les choses par leur nom, bébé, et arrête de dire qu'on t'a volé au coin d'un rêve. Mais il y a cette évidence : je ne l'ai pas aimé, je ne l'ai pas touché, jamais je n'ai pu ou voulu presser mes lèvres contre les siennes. Je me suis juste laissé aimer, laissé baiser, taisant mon plaisir aussi longtemps que je l'ai pu... J'ai accepté qu'il vienne dormir chez moi cette nuit... Je devine qu'il m'a demandé cela pour une autre raison que le cul. Mais je sais aussi qu'il va m'attendre, qu'il m'attend déjà. Je me glisse dans le lit chaud de son sommeil, il se retourne, emprisonne mes jambes dans les siennes, se redresse, plante ses yeux dans les miens, touche ma queue, caresse le creux de mes reins. Et je me laisse voler à nouveau, sauf que cette fois-ci il faudra bien que je dise quelque chose, que ma main et ma bouche aillent vers lui. Je ne me paie plus de mots. Ce n'est pas effrayant d'aimer les garçons. C'est effrayant d'en aimer un particulièrement...

Qu'est-ce qu'il me veut, ce type ? On dirait qu'il vient de lire dans chacune de mes pensées et que cela l'amuse énormément. Je m'en veux de rougir et de baisser les yeux. Il est jeune, plutôt beau mais de cette beauté rustique et brutale, la peau rouge, le poil ras et les yeux très clairs. Soudain, profitant du chahut ambiant, il se projette par-dessus le bar et me jette à l'oreille, en anglais :

– Dis à ton collègue que c'est ta pause pipi et rejoins moi dans les toilettes.

Je me force à rire :

– Et pourquoi je ferais ça ?

– Ne te méprends pas, sale fiotte. Contente-toi d'obéir.

Ce type a une drôle de lueur qui danse au fond de ses yeux clairs.

Dans les chiottes, c'est le radeau de la Méduse. Des corps chavirés et beuglants au-dessus des urinoirs, des lavabos. Ça pisse à droite, à gauche, mais jamais droit. Ça râle dans les cabines et les portes qui s'entrouvrent laissent échapper des puanteurs de vomissure. Un type sort de l'une de ces cabines, rote, s'essuie la queue avec une culotte de femme. La propriétaire de cette culotte sort à son tour puis, cul nu et très digne, se refait une beauté devant un miroir. Un Anglais, queue à la main et terriblement pressé, contemple d'un air accablé le bordel ambiant et fonce dans les toilettes des dames, y provoquant une panique de volière.

Je repère mon type stoïquement planté au-dessus d'un urinoir, jambes écartées et concentré sur le bout de sa queue qui s'égoutte. D'un coup d'épaule il vient d'éjecter son voisin de gauche, un mec bien imbibé et qui de toute façon ne faisait que partager sa trentième bière avec le bout de ses chaussures. Je prends possession de la place libérée, sors ma bite et commence à pisser en regardant le mur. Le type jette juste un œil neutre sur ma boîte à outils et fait, toujours en anglais :

– C'est vrai que t'as une petite bite.

– Surtout pour les grandes gueules.

– Bien répondu, camarade.

Une cabine vient de se libérer.

– Rejoins moi là-dedans. Et rassure-toi, c'est pas pour y parler poids et mesures.

– Pour parler de quoi alors?

– Tu verras.

On s'enferme au nez percé et à la barbe filoche d'un punk qui ne réussit qu'à beugler:

– Fuck! Fuck! Fuck!

À l'intérieur du gogue, les choses se passent très vite. Le type me plaque contre la paroi, arrache le haut de mon T-shirt, me plante un cutter contre la jugulaire, appuie, tandis que (et c'est le plus surprenant) son nez se met à renifler ma poitrine dénudée, mes épaules, mon visage. Sa trogne a désormais quelque chose d'animal. Puis il me jette à la face:

– Dommage que t'ais cette gueule de pucelle car ton sang est du meilleur parfum, tu sais. Tu pourrais m'appartenir.

La lame de son cutter s'enfonce un peu plus. Une goutte de sang perle. Brusquement la langue du type jaillit, reptilienne entre les dents bizarrement pointues. Elle lape la goutte de sang. Le type savoure, ses yeux chavirent. Il délire:

– C'est un pur nectar! Après tout, peut-être ne vais-je pas te tuer… enfin, pas tout de suite…

Plan taré, grand guignol, série B… Quel con ! Comment ai-je pu me laisser embarquer par ce dingue ? Mais le dingue en question est redevenu brusquement sérieux. Sérieux, et encore plus effrayant.

– Écoute, pédale, tu n'as même pas une minute pour me raconter tes dernières 24 heures. Et surtout me raconter tout ce que tu sais sur la petite pute qui t'honore l'entrée des artistes.

Je n'ai pas peur, non. Je sais maintenant que je vais buter ce dégénéré. Sa lame aura beau s'enfoncer en moi, je vais d'abord lui éclater les couilles à coups de genoux, puis je vais lui plonger sa face de raie dans la cuvette du chiotte, jusqu'à ce qu'il n'y ait plus de bulles. Ouais, il va comprendre que dans chaque Irlandais il y a un furieux fils de pute qui sommeille !

Soudain, vacarme sur ma droite. La porte ne s'est pas ouverte, non. Elle vient seulement de jaillir hors de ses gonds. O'Madden, vieillard géant et tonitruant, beau comme un dieu, plante maintenant ses yeux de pierre bleue zébrée de sang dans les miens et gronde :

– TU VAS MOURIR !

Les mains maigres et puissantes et maigres du vieil O'Madden se referment sur le cou de l'autre dingue. Très vite la langue de ce dernier jaillit, épaisse et sanguine, gigote de droite à gauche… Ses yeux roulent, deux globes tournoyant dans le tambour d'une machine à laver. Et pourtant je sais, je devine que ce n'est pas la proximité de la mort qui secoue son corps de soubresauts désordonnés mais une espèce de rire inextinguible et monstrueux à force d'être muet. Le salaud sait, et je sais maintenant avec lui, que la mort ne va pas frapper à la bonne porte. Sa main plonge. La lame entièrement sortie du cutter zèbre de sang le cou du vieil O'Madden. D'abord juste un éclair fin et rouge, puis très vite les flots lourds et rapides d'un torrent chaud et salé. Quelqu'un hurle quelque part, une fille ou un mec hystérique. Un hurlement vite recouvert par le rire enfin libéré du jeune dingue, tonitruant dans l'espace étroit du chiotte. Le corps du vieil O'Madden s'affaisse sur moi. Son sang bouillonnant obstrue mes yeux, mes narines, ma bouche. Je suffoque. Je m'évanouis.

Je me réveille dans un lit étrangement large et froid. Je tends un bras paresseux vers le côté mais là où je croyais rencontrer la poitrine maigre de Bran, je ne tombe que sur un peu plus de froideur. J'ouvre les yeux en grand devant cette évidence : Bran n'est pas rentré de la nuit. Comme une vulgaire vieille tarlouze voyant un amour neuf s'envoler, trahir, je suis d'abord traversé par une pointe de jalousie. Mais c'est très rapide. Bran est en danger, et c'est ma faute. Me voilà dressé sur le lit, suant de la glace. L'une de mes chaussures se met alors à sonner. Je range toujours mon portable dans une chaussure, près du lit. Je reconnais la voix rêche et matinale d'Ugo.

– Radine fissa à la Grande maison, môme. Ton amour d'Irlandais a suriné un chrétien cette nuit.

– Arrête tes conneries, Ugo.

– Si je veux. D'après mes supérieurs, il s'agirait d'une histoire de cul contrarié qui se serait achevée dans la tragédie grecque. Cela dit, d'après nos collègues irlandais, le vieux était un ancien de l'IRA, apparemment rangé des voitures piégées certes mais…

– Le vieux ? Quel vieux ?

– Le mort. Figure-toi qu'avant d'être mort il était vieux. Mais je parie que tu vois de qui il s'agit.

– Quand tu dis « d'après mes supérieurs »…

– Oui ?

– Cela veut dire que tu ne penses pas comme eux, n'est-ce pas ?

– Faut voir. Magne-toi le train, je t'attends.

Les couloirs de la police, c'est un peu comme la piste d'atterrissage de toutes les misères d'une seule nuit. De pauvres femmes en pansements, fraîchement relâchées par l'Hôtel-Dieu, des types patibulaires avec des yeux de hibou, gênés par la lumière du jour, des gueules de faux témoins, des fanfarons qui s'échangent des clopes entre deux ricanements… Et au milieu de cette humanité sans gouvernail, mon petit Bran, avec sa gueule de fille en boutons, ses longs et lourds cheveux de fille, ses yeux larges comme la main et bleus comme la chemise du flic assis à ses côtés. À ma vue, Bran veut se lever, courir vers moi, comme dans une publicité pour déodorant. Mais le flic attaché à lui par une paire de menottes n'a pas du tout envie de partager le même déodorant et force le môme à se rasseoir.

De toute façon une porte vient de s'ouvrir et une main me happe à l'intérieur d'une vaste pièce. Ugo ferme la porte, me désigne un siège, fait le tour de son bureau et s'assoit. Les deux autres burlingues que comptent la pièce sont inoccupés. Ugo fait semblant de compulser quelques feuillets épars devant lui puis a une moue mauvaise.

– Finalement les choses ne se présentent pas si mal pour ta copine.

– Parle pas comme ça, Ugo, sinon je publie les mémoires de ma moquette avec ton code ADN en guise de code-barres.

Moment de silence. Il reprend :

– Passons. Tu connaissais la victime, Sean O'Madden Burke ?

– Oui, c'était le patron du « O'Madden », et donc le patron de Bran. Ça c'est passé où ? Je veux dire le meurtre ?

– Au « O'Madden » justement, dans les chiottes. Quel genre de type c'était, cet O'Madden ?

– Je le connaissais peu. Un type bizarre. Un personnage de roman.

– Pédé ?

– C'est plus compliqué que ça.

– C'est oui ou c'est non ?

– C'est… non.

– Était-il au courant pour toi et Le Fanu ?

– Le Fanu ?

– Bran Le Fanu.

C'est vrai, j'avais toujours ignoré le nom de Bran. Et « Bran le Fanu » m'était complètement étranger.

– Il n'y a rien entre Bran et moi. Rien de ce que tu penses… Enfin… C'est…

– Plus compliqué que ça, je sais. Vous baisez et là tout est simple, mais entre deux coups de queue, tout redevient compliqué.

– T'as pas le droit de parler comme ça, Ugo.

– Je déteste les putes qui tombent amoureuses. Surtout que ça n'arrive jamais.

– Parle pour toi.

– Tu as un alibi pour l'heure du meurtre ? À peu près deux plombes du mat.

– Non. Je dormais. Je suis suspect ?

– Non.

– Quand je suis entré tu m'as dit que les choses ne se présentaient pas si mal pour Bran.

– C'est vrai. On a retrouvé l'arme du crime, un vulgaire cutter de tapissier. Le manche était plein d'empreintes mais ce ne sont pas celles de… ton *histoire de cul un peu plus compliqué que ça.*

– Je finirais par croire que t'es jaloux, Ugo.

– Là tu rêves, môme.

– T'as raison, je rêve. En fait, t'es pas jaloux de deux petits enculés comme Bran et moi, t'es juste jaloux de l'amour, du joli…

– Du pur, du grandiose, de l'eau fraîche et des petits oiseaux pleins de poils autour!... Là tu me fais pitié, môme!... Bon, on coupe. Les empreintes trouvées sur le cutter ne sont pas répertoriées chez nous. Des témoins ont vu s'enfuir le probable propriétaire de ces empreintes. On est en train de dresser un portrait-robot. Un type jeune, européen, cheveux ras, un peu boche sur les bords... Ça ne te dit rien?

– Non. Je peux parler à Bran?

– Mieux que ça, môme, tu peux le mettre dans ta culotte et le ramener. Les empreintes et les témoins l'ont totalement disculpé.

– Alors qu'est-ce qu'il fout avec les canettes?

– Je sais pas. Peut-être pour te mettre la pression.

– T'es bien un bel enfoiré!

– Ne dis pas ça, je sais que tu m'adores.

Je rigole.

– C'est vrai que tu me fais bander!

– Casse-toi, p'tit con!

Je me lève. Réfléchis.

– Les empreintes, tu devrais les envoyer en Afrique du Sud.

Ugo se hisse à moitié au-dessus de son siège. Je ne lui laisse pas le temps d'ouvrir la bouche.

– L'assassin de Bambi et celui du vieil O'Madden sont une seule et même personne. Et il vient d'Afrique du sud.

– C'est chez moi ici ?

– Oui.

– Je peux m'asseoir ?

– Tu peux même te coucher, bébé, et crois-moi, ça va pas être du luxe.

– Non, je préfère m'asseoir.

Il n'y avait qu'une seule chaise dans la piaule de Bran ; une chaise encombrée de livres. J'ai posé les livres à terre et Bran sur sa chaise.

– J'ai mal aux yeux. Y'a trop de lumière ici.

J'ai tiré les rideaux.

– Hé môme, tu vas pas me la jouer p'tit vieux ! Tiens, bois ça.

Comme je sentais que Bran allait me faire un caca nerveux, je m'étais arrêté chez l'arabe en bas de chez lui pour acheter un kil de cognac.

Il a bu l'alcool à même le goulot, ses yeux ont pétillé, il a toussé.

– Mais c'est dégueulasse, ce truc !

– Hé ! c'est du cognac ! Et c'est vous les Irlandais qui avaient inventé « ce truc », en France vu que vous n'y trouviez pas de whisky.

J'ai bu à mon tour une rasade de cognac et grimacé.

– N'empêche, c'est vrai que c'est dégueulasse. On devrait pas faire du whisky avec du raisin.

Maintenant, Bran, yeux fixes et ouverts, droit sur sa chaise, a basculé dans un ailleurs. Faut attendre que ça se passe, c'est tout ce que je me dis, et je sens que la journée va être très longue. Bran n'a ni télé ni radio. C'est plein de bouquins ici, plus épais que des steaks argentins, en plus ils sont en anglais et je déchiffre à peine la prose cucu-la-praline d'Oasis. Et surtout j'ai une terrible envie de baiser. C'est toujours comme ça quand je suis à cran. Question cul, c'est évident que Bran ne va pas être joueur. Je pourrais me contenter de me caresser devant lui, en concentrant toute mon attention sur sa bouche bonbon, sur la petite bosse de son sexe. Mais, même ça, j'ai l'impression que ça serait du viol. J'ai envie d'appeler Ugo, lui dire de passer, mais c'est une idée con. C'est lui qui appelle quand il a envie de baiser, pas le contraire. Il y aurait bien Franck, mais ce petit obsédé chercherait à se taper Bran. La solution la plus simple à défaut d'être la plus excitante serait de prendre une douche et de m'astiquer dessous histoire d'évacuer le problème sous sa forme séminale, mais ce genre de plan me laisse toujours cafardeux. Je n'ai donc pas d'autre choix que de me saouler gentiment avec ce kil de cognac tout pourri. Cela m'aidera peut-être à faire le tri dans mes noires pensées.

La bouteille est aux trois quarts vide quand une main à la fois légère et insistante… *s'insinue dans mon entre-jambes ?* Non, faut pas rêver… frappe à la porte de la piaule. Ami, ennemi ? Amant, pas amant ? J'entrouvre. La lumière du palier accroche cette brosse blonde qui m'est désormais tendre et familière. Elle est accompagnée de ma gorgone préférée, Taras, mon Boulba à moi. Roman fait signe à Taras de rester devant la porte, façon cerbère et s'introduit (*dans mon cul, si je ferme bien les yeux*) dans la piaule. Roman prend une voix chuchotante de sacristie pour demander.

– Il va comment ?

– Chais pas. Il dort sans dormir, assis, les yeux ouverts. Dans sa tête ça doit être un peu Paris-Roubaix en ce moment.

– Bordel ! Je n'aurais jamais dû laisser se faire ça.

Il semble vraiment navré en disant cela. Je ne savais pas que Bran avait autant d'importance à ses yeux. Après tout, il n'était qu'un pion satellisé à tout ce micmac, et par ma faute en plus. La voix rendue cassante par un soupçon de jalousie je fais :

– Bran, c'est mon affaire, pas la vôtre. C'est moi que vous êtes censé protéger. Après tout, je suis le... le... le condensateur de toutes ces emmerdes.

Roman regarde alors le *condensateur* en question, avec cet air de penser que dans *condensateur*, les trois dernières syllabes sont de trop. Puis il se tourne vers Bran. Et là son regard n'est plus tout à fait le même. Avec un peu de jalousie je trouve que ce regard n'est pas sans évoquer celui que devait avoir l'âne de la crèche devant l'enfant Jésus. Puis il fait :

– On en tirera rien aujourd'hui... Interdiction de sortir. Je laisse le cosaque devant ta porte. Il a l'ordre de se faire tuer pour lui.

– Pour lui ? Et moi, je sens le gasoil ?

– Fais pas chier.

Il se dirige vers la porte. Je le retiens par le bras.

– Roman, j'ai une dingue envie de baiser.

– Et alors ?

– Ça te dirait pas de prendre une douche ?

Son regard fait un tour rapide de la pièce.

– Y'a une salle de bains ici ?

– Pas vraiment. Juste une espèce de placard avec une douche derrière ce paravent.

Sa main se pose sur son sexe. D'après l'écartement des doigts je devine qu'il y a une brutale animation de ce côté-là.

– C'est vrai que tu m'excites encore un peu, mec. Combien tu prends déjà ?

– Aujourd'hui je prends pas, je me donne.

Il va tourner les talons.

– J'aime pas les putes gratos.

Je le retiens encore.

– Merde ! je suis pas une pute 24 heures sur 24 !

Il s'éloigne. Je crie. Enfin, je crie doucement à cause de Bran :

– Aujourd'hui, c'est moi qui paie !

Il se retourne, rigolard.

– Ça, ça change tout ! Tu me proposes combien ?

Je retourne mes poches, sort une boulette de papier froissé qui, dans une vie antérieure, devait être un bif de 20 euros. Je le déplie soigneusement.

– Je n'ai que ça, 20 euros.

Il a un sourire de sincère mépris.

– Avec ça, mec, t'auras le service minimum.

Sa main happe le billet et il commence à se désaper. Nos fringues tombent dans un silence de pétales et nous nous retrouvons sexe raidi contre sexe raidi dans le placard-douche. Je vais actionner le robinet d'eau chaude mais Roman arrête ma main.

– Pas d'eau, ça risque de réveiller le môme.

Je ne dis rien car j'ai hâte d'avoir sa queue dans ma bouche. Mais là encore il me retient quand je veux me baisser.

– Hé là, bonhomme! c'est toi qui as payé!

Malgré sa carrure et l'étroitesse du lieu il réussit à tomber à mes genoux. Puis il commence à me branler et à me titiller les seins avec une indifférence professionnelle que je connais trop bien. C'est celle que j'ai avec la plupart de mes clients et j'en ressens beaucoup de dépit. Roman a une voix de pédagogue quand il dit:

– T'as une jolie petite queue, mec, je parie que tu sais bien t'en servir.

Il se fout de ma gueule. J'ai envie de hurler: *Connard! tu la connais déjà ma jolie petite queue, et tu sais ce qu'elle peut faire!*

Ça y est, sa bouche fond sur moi, m'avale en entier, en blot, couilles comprises. Et ce qui se passe est carrément galactique. Je cale mes épaules contre la paroi du placard, ferme les yeux, constatant mon proche état de liquéfaction. Je gémis:

– C'est trop bon, mec… trop bon… Vas-y moins fort sinon je vais partir…

Mais il n'écoute pas. Sa langue n'en finit pas de tourner autour de mon gland, mon chibre, mes couilles. Je ferme une main énervée sur sa brosse blonde, tire dessus.

– Doucement, merde!… c'est trop bon… Je veux te baiser après, tu comprends… Meeeerde!!!

Il a juste le temps de se retirer, mon foutre inonde sa poitrine, ses cuisses.

Il lève vers moi un visage hilare.

– Je t'avais prévenu, mec, service minimum, rapide, 20 euros quoi!

– Mais t'as même pas pris ton pied!

– Les putes ne prennent jamais leur pied, tu devrais le savoir.

– N'empêche que tu bandes comme un âne! Et les putes, ça bande jamais!

– C'est mon problème! Va te rhabiller, pendant ce temps je vais me branler en pensant fortement à ta jolie petite queue.

– Attends!

Mes doigts serrent encore plus fort sa brosse blonde. Je le force à me regarder. Et nous nous nous regardons interminablement, sans ciller. Me voilà reptile et Roman, jusque-là si fort, si dominateur, se fascine, se façonne façon souris blanche. Puis il s'ébroue, baisse les yeux…

– Mais il rebande le salaud!

Connard, amour de connard, j'ai trouvé le nouvel acier de mon sexe au plus profond de tes yeux, jusqu'à la racine de ta queue, jusqu'à l'ouverture en diaphragme de ton cul.

J'abandonne sa brosse blonde. Il se relève, titubant, emprunté. Je plaque une main au creux de ses reins. Ma voix se fait sourde.

– J'ai envie de te baiser.

Et la beauté verticale de ta queue est le meilleur bulletin météo en provenance de ton cul.

Mais il sourit, faussement moqueur, vaguement inquiet et désirant à la fois.

– T'as un autre billet pour ça, mon chéri ?

– Non. Mais Bran doit bien avoir un peu de fric quelque part.

– Depuis quand les michés vont aux putes avec le blé de leur femme ?

Puis il se tait, cesse de se moquer, car mes mains viennent de se plaquer sur le derrière de ses cuisses. Roman est plus fort, plus large, plus haut que moi, mais, d'une simple pression de mes épaules de moineau je le force contre le panneau de bois laqué. Nous nous faisons face, deux blocs de chair minérale. Il y a de l'étonnement dans le regard de Roman, puis de l'abandon. J'écarte ses lourdes cuisses, dressées de poils électriques, puis ses fesses, étroites, à la fois minérales et satinées. Je crache dans ma paume, humecte avec infiniment de lenteur la raie de son cul, puis le trou, que je doigte avec des précautions de démineur car je le devine vierge. Ma langue vient titiller le bout de ses seins, les poils serrés et bouclés de son torse. Roman ferme les yeux, ses paupières, les ailes de son nez tremblent. J'enferme ses cuisses dans mes bras, soulève son bassin, puis, d'un seul et vigoureux coup de rein, je le plante, l'enfile jusqu'à la racine de ma queue. Roman ouvre les yeux sous ce premier assaut. J'y lis la souffrance, la première souffrance, qui fait partie du plaisir, du premier plaisir. Puis la souffrance se retire de ses yeux. Je sais qu'elle n'y reviendra plus jamais. Roman, fébrile, tendu, feulant, colle sa bouche contre mon oreille.

– Reste comme ça, ne bouge surtout pas.

Nous sommes toujours debout, nous faisant face comme deux animaux qui se calculent. Les légères pressions de sphincter qu'il prodigue alors sur ma queue me rende à mon tour dingue et frissonnant des pieds à la tête. Je roule contre mon ventre sa queue érigée, longue et épaisse, dont l'odeur douce et salée vient exciter mes narines. Et ma langue va laper cette liqueur qui perle au sommet de cette queue. Ces coups de langue sur le gland achève de bouleverser Roman. Il prend appui sur mes épaules pour mieux lever son cul.

– Baise-moi ! N'arrête jamais, je t'en supplie, n'arrête jamais !

Il a presque une voix de fille en me disant cela.

Alors je le baise, de manière brutale et désordonnée, comme celui qui cherche à trop bien faire, à en donner un maximum. De cette même façon désordonnée, nous nous entrebouffons le visage, les yeux, les oreilles, les lobes des oreilles sucées et avalées comme des cerises ; la bouche, le fond de la bouche…

Et ça finit toujours de la même façon, et toujours plus tôt que prévu. D'autant plus que, pour Roman, c'est inédit, donc trop fort. Un nouveau plaisir qui s'impatiente. Des bouquets de sperme jaillissent de la queue de Roman et viennent m'exploser à la gueule. Le corps de mon amant n'est plus qu'un bloc durci, traversé de secousses telluriques. Histoire d'être en harmonie avec son plaisir, je me lâche à mon tour. Mes couilles plaquées à son trou pulsent au plus profond de son cul de longs traits de foutre. Je crois deviner des espèces de feux d'artifice dans les yeux mi-clos de Roman. Puis vient l'apaisement, la marée basse des sens, la chamade ralentie mais encore vacarmeuse de nos cœurs.

Peut-être à cause de Bran juste à côté, nous avons baisé en silence. Ni râle ni gémissement.

Et longtemps nous restons soudés l'un à l'autre, toujours silencieux, encollés par tout ce foutre.

Cela fait *sploc* quand nos deux corps se détachent enfin. Roman a retrouvé sa voix d'homme quand il me dit :

– Merde, on a baisé sans capote !

– T'en fais pas, t'es le premier mec que je baise depuis très très longtemps sans capote.

Il y avait Bran bien sûr, que j'avais pris sans latex. Mais Bran était vierge, l'est encore et le sera toujours, même si toute une armée de soudards vérolés devaient lui passer sur le cul.

Roman reprend après un moment de réflexion :

– D'accord, mais qu'est-ce que tu sais de moi ?

– Toi, c'est pas pareil, t'es un flic. Et les virus doivent aussi avoir peur des flics.

– C'est con ce que tu viens de dire.

– Oui.

Je m'écarte un peu plus mais Roman me retient. À nouveau sa voix a changé.

– En fait, tu ne m'as pas baisé, non. Tu m'as… tu m'as fait l'amour, c'est ça, fait l'amour.

– Et c'est quoi la différence ?

– Je ne savais pas qu'un mec pouvait faire l'amour à un autre mec. Baiser, oui, mais faire l'amour…

– C'est con ce que tu viens de dire.

– Non.

– Alors on recommencera, dis ?

– Je sais pas. C'était bien comme ça mais c'est Bran que tu aimes, pas moi.

– Je sais pas si j'aime Bran. C'est sûr, il me fascine, m'attire… Et puis, Bran, côté quéquette, c'est pas ça. Il se donne pas, et j'ai peur de le casser… Tu sais qu'il a une toute petite queue ?

– Non. Et ta queue à toi, ce n'est pas non plus du XXL.

– Comparé à toi peut-être, mais à côté de ma sœur par exemple je m'estime plutôt bien doté.

– T'es con.

– Enfin, avec Bran, ça n'a pas vraiment d'importance…

Bref, je peux très bien l'aimer et baiser avec tous les mecs de la planète.

– C'est con ce que tu viens de dire.

– Pourquoi ?

– *Baiser c'est pas tromper*… c'est beauf quoi !

– On recommencera, dis ?

– Oui.

– Maintenant ?

– Non. J'ai un vrai métier, moi.

Tant pis pour Bran, j'ouvre à fond le robinet de la douche. Roman me savonne la queue et le visage, je savonne sa queue et son cul. Ce qui est bien avec le sexe, c'est que c'est bon avant, pendant et après.

Au sortir de la douche, sale surprise. Bran est allongé sur le sol, à plat ventre. Enfin, je suppose qu'il est allongé car je ne vois que le lourd flot de ses cheveux roux, qui dépassent, dépassent d'un corps, d'un corps qui n'est pas le sien. Protection très rapprochée, Taras est en train d'enculer mon presque mec. Une boule fait le yo-yo dans ma gorge tandis que la main de Roman me sert l'avant-bras jusqu'au sang. La gorgone et le séraphin, la belle et la bête, l'agneau et le bouc, mon amour et ce rat de gouttière… Le plus étrange c'est que le monstre besogne avec infiniment de tendresse, de précaution, comme le prince charmant avec la belle endormie… Un moment Bran tourne son visage vers moi. Cela fait un éclair pâle dans ce mélange de rousseur et de noirceur. Je lis de l'amour dans son regard, et je devine que cet amour s'adresse exclusivement à moi. N'empêche, il est en train de se faire sauter, et par une bite qui n'est pas la mienne ! Je me tourne vers Roman.

– On retourne sous la douche ?

– Hum hum.

Je me suis réveillé sur ma chaise... Je ne dormais pas vraiment mais je me suis réveillé quand même. Je vous ai vus, Roman et toi en train de faire l'amour. Alors j'ai voulu prendre l'air, peut-être me saouler pour oublier mon chagrin. Mais il y avait ce type devant la porte. Dieu qu'il était laid ! Mais sa laideur me fascinait et son corps animal m'attirait irrésistiblement. Alors je l'ai pris par les couilles, l'ai entraîné à l'intérieur et je lui ai donné mon cul. D'accord, j'aimais son souffle brûlant et puant sur ma nuque, et le contact de ce corps fauve plaqué sur moi. Mais je n'ai pas vraiment ressenti de plaisir. En tout cas beaucoup moins qu'avec toi, quand tu m'as pris dans mon sommeil... C'est toi que j'aime, et tu es l'être le plus merveilleux que j'aie jamais rencontré, et le plus parfait, le plus doué, le plus expérimenté, le plus performant, le plus endurant, le plus top des amants. À côté de toi, tous les autres hommes ne sont que de la viande à peine animée d'une vie mesquine et châtrée...

Voilà ce que j'aurais aimé que Bran me dise. Mais non. Je l'ai croisé alors qu'il allait vers la douche et que j'en sortais avec Roman. Il ne m'a même pas regardé, a juste lancé un incongru « pardon », comme si nous étions des connards de voyageurs nous marchant sur les arpions dans le métro. Je l'ai regardé secouer sa petite queue sous le flot d'eau chaude, passer une main purificatrice dans son trou de balle rougi par le sang, sur ses fesses d'ablette et ses cuisses de serin polluées par le foutre de la gorgone. Ce foutre qui allait en chantant vers le siphon.

Je pensai au passage qu'avec tout ce foutre qui était passé par là, au premier engorgement des égouts, les gens du quartier n'allaient pas finir de patauger dans le séminal jusqu'au coude !

Et plus sérieusement je pensais : comment pouvais-je être dingue de ce garçon mal terminé, avec ses fesses d'ablette et ses cuisses de serin ? Dans le fond je n'aimais peut-être que ses boutons. Ses cheveux aussi. Et ses yeux. Et sa petite queue de cerise. Et ses fesses d'ablette. Et ses cuisses de serin. Et le moindre millimètre carré de sa peau. Sinon le reste, c'était franchement pas terrible.

Une fois sec, Bran est retourné s'asseoir sur sa chaise, s'enfermer dans sa bulle pleine de vide.

Et ce fut tout. Nos deux héros pouvaient repartir vers de nouvelles aventures.

Bran a quitté son boulot au O'Madden. J'ai regagné ma piaule rue du Temple car je ne crois plus que Piter cherchera à me nuire. Ce sont bien ses empreintes qui étaient sur le cutter. D'après Roman, maintenant qu'il sait que la police a découvert qu'il est le tueur d'O'Madden et probablement celui de Bambi et d'Albert Longin, et surtout depuis qu'il est en possession de ce qu'il était venu chercher en France, l'Afrikaner doit probablement essayer de quitter le pays. Gares et aéroports sont sous surveillance. Interpol est sur les dents. Mais Roman dit que toute cette agitation est inutile. Piter doit bénéficier d'un réseau d'exfiltration, comme celui du Black Order, une espèce de secte néo-nazie. Roman m'a dit passer ses jours et ses nuits sur le site Internet du Black Order. Paraît que ces dingues sont volontiers bavards et provocateurs. Je ne pratique plus que deux ou trois passes par jour, en tir groupé, dans la chambre d'un grand hôtel anonyme au-dessus du périphe. Mes plus fidèles clients. Les autres, je les envoie vers les copines. Bran passe son temps à se balader dans les rues de Paris, la truffe au vent et sa tignasse rousse en oriflamme. Alors je passe mon temps à le suivre. Non pas pour le protéger. Il y a Taras pour ça, Taras que je devine toujours quelque part et que je ne vois jamais. Taras qui a semblé s'éveiller d'un drôle de rêve après avoir sauté Bran et qui, depuis, ne se souvient plus de rien, ou fait comme si. Je suis Bran parce que je ne peux pas m'en empêcher, comme les planètes ne peuvent pas s'empêcher de tourner autour du soleil.

Fils du soleil.

Il sait que je le suis, d'autant que je ne me cache pas. Hier il a laissé une lettre dans ma boîte, probablement pendant que j'étais à l'hôtel au-dessus du périphe. Il ne me parle même pas de ça. Il a une grosse écriture d'écolier mais, pour un étranger, utilise un français presque correct. Meilleur que le mien pour tout dire. Il dit qu'il ne sait pas s'il m'aime, il dit qu'il ne sait pas qui il est, où est-ce qu'il en est, il dit qu'il n'a pas voulu suivre le cercueil plombé du vieil O'Madden jusqu'à Roissy. Il dit qu'il se caresse parfois en pensant à moi, il dit que ses voisins, deux jumeaux, un garçon et une fille d'une vingtaine d'années, sont amoureux de lui. Le garçon est homo, la fille est lesbienne. Il dit qu'il doit trois mois de loyer mais que la propriétaire qui habite au rez-de-chaussée continue à lui sourire en lui montant son courrier alors qu'elle n'arrête pas de faire des remarques aigres à l'étudiant ivoirien qui ne lui doit que deux mois. Il dit qu'elle n'est pas raciste puisqu'elle est veuve d'un Tunisien. Il dit que la semaine dernière l'Ivoirien l'a coincé dans l'escalier, qu'il a cru qu'il allait le frapper, mais l'Ivoirien a juste cherché à l'embrasser avant de s'enfuir, rouge de confusion, enfin, aussi rouge que puisse l'être un Ivoirien. Il dit que l'Ivoirien n'est pas homo. Tous les soirs il monte une fille différente, des étudiantes ou des vendeuses. Bran ne comprend pas. Il dit aussi qu'il me téléphonera, qu'il veut me revoir, mais il ne dit pas quand. Je jurerais qu'il y a des traces de larmes sur cette lettre. Je me suis branlé dessus puis je l'ai jetée. Dans la rue c'est incroyable le nombre de gens qui se retournent sur le passage de ce petit vaurien à boutons, sa gueule de fille et son corps pas fait. Des jeunes, des vieux, des femmes, des hommes. Les pucelles rougissent et se poussent du coude ; les loulous de banlieue se taisent et s'écartent. Des mecs, plus hardis ou plus intrigués, le suivent même un certain moment, avant qu'une brutale prise de conscience les ramène sur leur chemin initial.

Je suivis ce mauvais garçon
Qui sifflotais mains dans les poches.

Puis vint ce soir où Bran franchit l'entrée de cette église que je connaissais trop bien. Je restai un moment à me demander si je devais l'y suivre. J'avais le sentiment de plus en plus précis que Bran et Lucio, le jeune prêtre des Andes qui n'avait peut-être pas tout à fait renoncé au couteau sacrificiel, appartenaient à un monde qui m'échappaient totalement. Un monde où les anges se chiffonnaient avec les démons, où les sorciers s'échangeaient sorts et contre-sorts, où Harry Potter avait à peine le niveau de l'alchimie facile et où, de toute façon, il se ferai violer avant le deuxième épisode.

Je pénétrai quand même dans l'église. C'est dingue à dire, mais j'avais froid quand Bran s'éloignait trop de moi.

J'aperçus d'abord devant le maître autel chichement éclairé la silhouette puissante de padre Lucio. Il était à genoux, en prière. Puis je vis debout derrière lui, à moitié dans la pénombre, le jeune Bran. Celui-ci parlait très vite, dans une espèce de murmure. Je ne pouvais savoir s'il parlait anglais, français ou espagnol, mais ça pouvait être aussi un mélange de toutes les langues de la planète. Je m'approchai un peu plus.

Un moment Bran se tut et approcha la main d'une épaule du prêtre en prière. Puis il la recula très vite.

Je me mis à courir. Padre Lucio venait de bouler sur le côté et son corps formait désormais un angle cassé sur la première marche qui menait à l'autel. Je me baissai. L'estafilade était impeccable de l'oreille gauche à l'oreille droite. Un deuxième sourire qui charriait un gros sang.

Je me tourne vers Bran. Il a les yeux écarquillés, plus larges que jamais, immobiles. Et j'y lis plus de fascination que de terreur. Je me lève, prends Bran dans mes bras. Son petit corps est dur et glacé. Je le serre très fort. Je ne peux m'empêcher d'en profiter pour palper les poches de son jean et de son blouson. Rien. Ou plutôt si. Je suis certain que le petit salaud est en train de bander. Et je suis certain que cela n'a rien à voir avec ma palpation. Et merde, rien que l'idée de ce sucre d'orge dressé tout dur contre moi me fait à mon tour goder. Je m'écarte.

Lumière au fond à droite. C'est la porte de la sacristie qui vient de s'ouvrir. Un homme s'avance vers nous. Un halogène braqué sur une vierge à l'enfant allume un éclair dans sa brosse blonde. Roman Bradaggaccio ne dit rien, se penche sur le cadavre, se relève, nous regarde tour à tour. Moi avec indifférence, Bran avec inquiétude. Je me fous de cette différence de traitement. La première chose que je regarde sont ses mains. Au cas où elles seraient dégouttantes de sang. Non.

Vingt minutes plus tard nous sommes autour d'une table guéridon, quai de Jemmapes, dans un de ces rades qui se la jouent « bistrot à l'ancienne ». Sauf que le loufiat auvergnat énervé est remplacé par le loufiat cochon d'Inde bêcheur qui fait juste ça en attendant de décrocher un rôle chez Jean-Luc Besson. Bran se passionne pour les bulles qui viennent exploser à la surface de son gin tonic. Roman serre les doigts de ses deux mains autour de son baron de mousse comme s'il s'agissait du cou de sa belle-mère. Moi, je m'esquinte les ongles à dépiauter des pistaches.

– J'ai eu tout faux. J'ai eu tout faux, et la menace se rapproche.

Là encore Roman s'adresse à Bran, avec de l'intensité dans la voix et le regard. Moi, je suis peau de balle ou tout comme. Je dis cependant :

– Le curé, c'est encore un coup de Piter l'Africain ?

Roman ne cherche même plus à m'embrouiller.

– Oui.

Puis, comme pour lui-même :

– Il faut trouver un moyen de le neutraliser. Ou de détourner son attention de la cible... Vers une autre cible.

Je persiste à vouloir m'intéresser.

– C'est pas un boulot pour le Cosaque ?

– Taras ? Ça fait deux heures que j'ai pas eu de nouvelles de ce dégénéré. Son portable ne répond plus.

Soudain, on ne s'entend plus. Sirènes hurlantes, éclairs bleus et oranges, des voitures de police dégringolent la rue. Non, elles ne s'arrêtent pas devant l'église où gît le père Lucio. J'ai prévenu Ugo et, de toute façon, ce n'est pas son style de débarquer avec toute la cavalerie. Un type énervé entre dans le bar et crie à la cantonade :

– On a encore trouvé un cadavre dans le canal !

Je vous le répète, on trouve de tout dans ce putain de canal, même des Cosaques sans leur cheval.

– Bran, cette nuit tu dors chez moi.

C'est Roman qui vient de parler. Et j'ai une image fulgurante qui me traverse l'esprit, ou plutôt deux, se chevauchant. D'abord celle de Roman en train de culbuter Bran avec sa grosse bite, puis, très vite, celle d'un flic d'origine polono-vénitienne en train de flotter dans le canal Saint-Martin où décidément on ne sait plus quoi inventer pour distraire la poiscaille. Je commence à haïr ce type.

Et voilà Bran qui prononce la plus magnifique des phrases, que je pourrais réécouter mille fois, cent mille fois, même sous forme de polyphonie corse :

– Non, je préfère dormir avec Jean. Je veux dire chez Jean.

– Tu n'as pas compris, bonhomme, gronde Roman, il s'agit de te protéger. Si tu vas chez cette conne – là il a un mouvement de menton mauvais dans ma direction – il y aura deux cadavres de plus demain matin.

Pas rancunier, toujours amoureux, *amoureuse* même, comme disait ce pauvre Bambi, je fais :

– Il a raison, Bran, en tant qu'assurance-vie je vaux que dalle.

Roman se lève, jette de la menue monnaie en pluie sur le guéridon, fait signe à Bran de le suivre, sort, aperçoit un taxi, l'arrête, fait monter Bran dedans, revient vers moi.

– Il serait bien que tu nous oublies un temps, mec.

Je ricane :

– C'est pour mon bien ou pour le tien ?

– C'est pour le sien.

Son pouce droit vole en direction de la rue, là où attend le tacot. Puis Roman suit son pouce, en direction dudit tacot.

Maintenant c'est Ugo qui vient s'asseoir à ma table. J'ai l'impression d'être le rôle principal d'une pièce mille fois répétée, mille fois jouée, aux rouages parfaitement huilées et dont le titre pourrait être : *Madame reçoit 24 heures sur 24.*

J'ai encore les yeux accrochés aux feux arrière du taxi qui emporte le doux et charmant prolongement de ma queue, actuellement plaqué contre la cuisse solide d'un gunman d'Interpol. Je fais d'une voix rêveuse :

– Ugo, tu crois qu'il y a encore de la place dans le canal Saint-Martin ?

– Pourquoi tu demandes ça ?

– Je hais ce type.

– Moi aussi.

– Dommage, c'est un super coup.

– Moi aussi.

– Avec lui, tu ne regardes plus un rideau de douche comme avant.

– Ça t'arrive de sortir la tête de ton slip ? Sais-tu qu'il existe une vie après le cul ? Sais-tu que la vaste humanité n'est pas qu'une armée de bites qui marchent en rangs serrés en direction de ton cul ?

– Dommage.

– Qui a découvert en premier le cadavre du curé ? Toi ou ce type qui te fait regarder les rideaux de douche d'un œil différent ?

– Ni l'un ni l'autre. C'est Bran, le petit Irlandais.

– Ton menu du jour, c'est ça ?

– Sois pas vulgaire.

– Tu lui diras de passer à mon bureau. J'ai pas mal de questions à lui poser à lui aussi. Tu connaissais bien ce curé, le père Lucio.

– C'est bizarre. Je suis entré par hasard dans son église alors qu'un tueur me coursait.

– Je sais, le cosaque qu'on vient de retrouver dans le canal.

– En fait ça ne pouvait être le hasard. Ce type, le curé, il devait être mêlé à tout ce grand Guignol.

– Il te faisait bander lui aussi ?

– C'est clair.

– T'as couché avec ?

– Ça va pas, non ? Je suis peut-être une pute mais j'ai de la religion.

– Mouais. Bon, le saint homme est entre les mains des Osiris du quai de la Rapée* et c'est sûrement pas ce soir que j'y verrai plus clair.

Il s'apprête à se lever. Je le retiens par le bras.

– Ugo, je... je peux dormir chez toi ?

– Pourquoi ? Tu te sens brusquement tout seul dans ton slip ?

– Pas seulement ça. Je commence à avoir les jetons avec tous ces cadavres. Alors, je peux ?

– Non. De toute façon j'ai pas de chez moi. Enfin, je veux dire que je n'habite pas chez moi.

– Je te crois pas.

– J'm'en fous... Bon, si tu veux tout savoir, j'habite chez une pute.

– C'est pas réglementaire pour un flic, ça !

– C'est réglementaire pour personne. Bon, d'accord, tu peux venir avec moi. Entre putes vous aurez sûrement des choses à vous dire, et pendant ce temps elle me foutra la paix. Et toi aussi.

Je rigole.

– Je peux très bien parler la bouche pleine, tu sais !

Et je glisse un regard gourmand sur une zone bien précise de son jean.

– P'tite conne !

* Institut médico-légal.

Drôle de nuit. Ugo a dormi sur le canapé, avec un gros chat aussi morose que lui. Et j'ai dormi avec la fille. C'était une Asiatique, encore jeune malgré l'évidence des heures de vol, plus mignonne que vraiment jolie, avec des yeux défense passive, une bouche immense et peinte avec élégance, des seins menus, un cul de garçon et des cuisses de gamine. Une jolie petite chose insolite. Et qui parle quand je lui demande :

– Il y a longtemps que tu connais Ugo ?

– Oui. Il habitait juste au-dessus, tout seul avec sa bière, sa télé et son flingue. Je savais qu'il était flic et il savait que j'étais pute mais on se disait quand même bonjour. À l'époque j'avais deux chats. L'un a disparu. J'ai demandé à mon voisin flic de m'aider à le retrouver. On l'a jamais retrouvé mais Ugo a pris sa place.

– Et tu baises avec ton chat ?

– Oui et non. Enfin, c'est bizarre. Et toi ?

– Non. Enfin il me viole de temps en temps, quand ça le prend comme une envie de pisser.

Elle rit.

– Ça, c'est tout à fait lui ! Hé, Jean, tu me parais bien nerveux d'un seul coup !

– Normal, dès qu'on parle de cul ça me met en transe.

– Hum... Tu sais que je la trouve plutôt mignonne ta transe ? Tu veux que je te suce ?

– Je me doutais bien que tu ne connaissais pas de berceuse.

– Tu veux ?
– Oui. Mais je te préviens, je te touche pas.
– C'est pas grave.

Le type doit avoir l'habitude de donner des ordres. Il se fout de mes spécialités (de toute façon je n'en ai pas, mais si par exemple on me demande une pipe au miel je fais comme si j'étais le cousin de Maya l'abeille). Il se fout aussi de mes tarifs, me donne l'heure précise du rendez-vous, le numéro de sa chambre, l'adresse de son hôtel, encore un de ces grands hôtels anonyme à une porte de Paris. Encore un type pressé qui veut se purger les couilles vite fait bien fait avant d'aller signer le contrat du siècle. Li-Yu sort de la douche, m'interroge du regard. Je fais en remballant mon portable :

– Faut que je file. Un rendez-vous à l'autre bout de Paris.

Elle fait semblant de râler.

– Je sais pas ce que vous, les pédés, leur faites, aux pères de famille, mais vous cassez le métier !

Ugo n'est plus dans son canapé. Le gros chat morose non plus d'ailleurs.

Le type qui m'ouvre a la quarantaine athlétique. Il n'a pas du tout le style homme d'affaire. Pour tout dire son genre ne me revient pas. Il pourrait aussi bien être garçon boucher que huissier de justice. Il ne me regarde même pas. D'habitude et d'entrée, le miché évalue du regard le poids de mes couilles, la rondeur et la fermeté de mon cul, l'élasticité et la jeunesse de ma peau, puis finit toujours par vérifier si au fond de mes yeux ne vacille pas l'inquiétante lueur d'un type pas net. Il pose un tas de biffetons sur un guéridon près de la porte et fait :

– Déshabille-toi.

Je suis maintenant à poil au milieu de la chambre. Le type ne s'intéresse toujours pas à mes outils de travail.

– Mets ça.

Il me tend une perruque blond roux, cheveux mi-longs, épais et ondoyants. Je surprends mon reflet dans un miroir en pied. Je ressemble à une très jolie actrice des années 50-60. Mais, à bien y réfléchir, je ressemble aussi à une autre image enfouie dans une mémoire plus récente. Mais je n'ai pas le temps d'aller chercher plus loin. Le type m'ordonne de m'allonger sur le lit, sur le ventre. Il doit juste avoir envie de me prendre comme ça, fesses à l'air et cheveux de femme tombant sur mes épaules. Encore un dingue qui tout petit a dû fantasmer sur sa grande sœur qui se caressait sous la douche.

Je l'entends marcher autour du lit. Il ne se déshabille pas. Fait-il partie de ce genre d'individus qui se contentent de mater en s'inventant tout un tas de scénarios dégueulasses, tordus ? Il m'ordonne de ne pas bouger. Je reste le visage enfoui dans l'oreiller mais, imperceptiblement je mets mes sens en alerte. Soudain, un léger courant d'air frais sur mes fesses me met sur la défensive. Il ne peut provenir que de la porte palière qu'on vient d'ouvrir. Je me retourne brusquement, vois bondir sur moi une masse où le cuir et le bois dominent. Rien que des trucs naturels mais je n'ai franchement pas envie d'apprécier. Le bois est celui d'une batte de base-ball irrésistiblement attiré par le sommet de mon crâne. J'ai juste le temps de lancer en avant mes gambettes nues. Piter (j'ai reconnu sa goule de bon aryen à la con) vacille et se projette contre un placard mural qui sous le choc rend un son sourd de placard mural vide. Très vite Piter repart à l'assaut, la batte brandie au-dessus de son crâne ras, tout en me lançant dans son sabir afrikaner une flopée d'injures où il doit être fortement question de phoques en train de s'enculer sur la banquise. Son intention me paraît claire : transformer mes os en petit bois, m'ouvrir le crâne afin d'y ranger mes fémurs et mes tibias, façon drapeau de pirates. Je n'ai pas le temps de m'éjecter du pageot. Je roule à droite, à gauche, pour éviter les coups. Je gueule comme un âne mais, dans ces grands hôtels vides l'après-midi, mes cris doivent se perdre dans les étages. C'est sûr, ce con-là, malgré sa rage aveugle, va finir par me toucher, et là, ça sera le commencement de la fin. Des yeux et des mains je cherche une arme quelconque. Rien, si ce n'est cette putain de perruque rousse qui commence à me descendre sur le front. C'est mieux que rien. Je la saisis à pleine main, la balance à la face de l'autre, mais c'est le bout dressé de sa batte qui l'intercepte. Brutal changement de rythme.

Je reste figé sur le lit, yeux et bite en défense passive. Piter reste figé devant sa batte de base-ball, comme Hamlet devant son crâne, un crâne qui porterait perruque blonde et rousse. Puis il me regarde, avec les mêmes yeux qu'aurait un logiciel qu'un virus informatique chercherait à détruire de l'intérieur. Puis il comprend tout. Et je comprends tout avec lui. Tout à l'heure, dans le miroir en pied, j'avais surpris un reflet qui était à la fois le mien et celui d'un autre. D'un autre que je connaissais. Et cet autre était Bran. Jamais je n'avais remarqué que je pouvais autant ressembler à cette ébauche d'homme, cette petite chose mal finie et adorable, surmontée d'une tignasse rousse. La perruque n'avait fait qu'achever la ressemblance. Donc, pour des raisons encore obscures, quelqu'un cherchait à tuer Bran, et ce quelqu'un était Piter. Mais il y avait un autre « quelqu'un » qui cherchait à le protéger, et qui n'avait pas hésité pour cela à se servir de moi, à me faire passer pour Bran ! Si je ne m'étais pas retourné au moment où la porte de la chambre s'ouvrait, ce dingue de Piter m'aurait battu à mort avec sa batte sans que je puisse réagir. Et une fois le supposé Bran (moi) transformé en croquettes pour les bloches, le Bran authentique n'aurait plus été menacé. En tout cas un certain temps. Et ce « quelqu'un », qui avait goupillé un tel coup de vice, ne pouvait être que… ou encore… Merde !

Cet intense moment de réflexion n'a duré qu'une demi-seconde mais cette ridicule demi-seconde m'a été fatale… Piter a beau savoir que je ne suis pas Bran, il est partisan du « Tout doit disparaître! » Il se jette sur moi, plaque son corps contre le mien, coince sa batte de base-ball en travers de ma gorge et presse, presse... Je suffoque. Soudain il desserre son étreinte, sourit. C'est pas un beau sourire mais c'est quand même un sourire. Le salaud connaît le coup du pendu et il vient de sentir ma trique contre son ventre. Je suis toujours à poil et ma nudité commence à exciter l'homme qui, de toute façon, finira par me tuer. Il ouvre sa braguette. Je sens sa queue gonfler contre mes couilles. Tout en caressant mon sexe, il promène sa bouche veule contre mon visage. Il me flaire. Les ailes de ses narines palpitent. Il ne sourit plus. Un souffle rauque, non humain, gronde au fond de sa gorge. Ses lèvres, sa lippe devrais-je dire, se retrousse au-dessus de ses dents trop blanches, trop pointues. C'est pourtant avec presque de la délicatesse que sa langue force ma bouche, va chercher ma propre langue, l'enroule, l'aspire. Je vais mourir, et c'est bon. Fasciné et tremblant je me laisse embrasser, caresser. À nouveau il appuie avec une force progressive sur la batte de base-ball toujours plaquée contre ma gorge. Je n'étouffe pas encore. Je suis même très bien, jusqu'au bout de ma queue. Et je finis par exploser entre ses doigts tandis que lui-même macule mon pubis après s'être lentement frotté la queue contre mes couilles. La messe est dite. Piter a retrouvé son sourire veule. Il imprime à la batte une ultime et violente pression. Dieu, que la mort est douce quand la galaxie qui explose dans mes yeux est encore rouge et chaude ! Mais très vite elle devient bleue, froide, puis noire, et c'est dans un puits glacé que je fonds…

Ugo est raide, debout devant le corps de Jean. Le corps de Jean, tout drôle avec cette perruque rousse sur la tête. Le corps de Jean, nu comme un ver, écarté sur ce lit d'hôtel, du foutre séché sur les poils du pubis et les cuisses. Les types de la « légale » sont passés, ont pris des photos, joué du pinceau, du mini-aspirateur, de la pincette et du bâtonnet à prélèvement, puis sont partis dans un bourdonnement d'abeilles, laissant Ugo seul et raide au milieu de la chambre. Ugo sent une présence derrière lui. C'est celle qu'il attendait.

– Qu'est-ce qui s'est passé, bon Dieu ?

– Ce qui devait finir par arriver. Le p'tit con est tombé sur un pervers. Perruque, strangulation, spasme érotique…

Ugo n'achève pas, laisse Roman passer devant lui. Le flic d'Interpol a la brosse blonde en pétard, signe qu'il n'a pas beaucoup dormi ces derniers temps. Il regarde et flaire autour de lui, à la façon d'un chien de chasse. Il se tourne vers Ugo.

– D'accord, ce qui devait finir par arriver est arrivé. Mais pourquoi maintenant ?

– Qu'est-ce que vous voulez dire ?

– Je veux dire que ce jeune prostitué est mort alors qu'il était mêlé de près ou de loin à de drôles d'embrouilles. Des embrouilles où on ne mégote pas sur le cadavre.

Ugo ne répond rien. Roman revient vers le lit, approche la main du visage du mort, n'ose le toucher. La main frôle un moment la perruque rousse.

– En entrant ici, j'ai cru un instant qu'on s'était trompé sur l'identité du mort. J'ai cru que c'était le jeune Bran Le Fanu, le serveur du O'Madden, qui était allongé là...

Roman se tait, cherche ses mots. Ugo l'encourage, mais sa voix reste neutre :

– Continuez.

– Pour des raisons que j'ignore, c'est le petit Irlandais qui me paraissait le plus menacé jusqu'à maintenant, et non ce prostitué qui, après tout, n'a été mêlé à toute cette affaire que par un concours de circonstances. Il était amoureux fou de Le Fanu, et une pute amoureuse, c'est capable de tout. À commencer par attirer sur elle les tueurs de leur amant. La ressemblance relative entre Jean et Bran aura facilité les choses.

Ugo ne peut s'empêcher de sourire.

– C'est complètement tartignolle votre truc ! Jean était peut-être une pute mais sûrement pas du style *femme fatale*, à se faire suriner par sacrifice, entre violon et accordéon, sur les marches de la butte Montmartre qui, comme chacun sait, sont dures aux miséreux... À tout prendre je préfère croire que quelqu'un (mais qui donc, bon Dieu ?) a attiré Jean dans un piège, histoire de sauver momentanément la mise au petit Irlandais. Le faire tuer à sa place.

– J'y ai pensé aussi.

– Ça ne m'étonne pas ! Je suppose que chez vous les armoires s'ouvrent par derrière ?

– Comment ?

– J'me comprends... Pour moi les choses sont simples. Jean était un petit tordu qui est tombé sur un encore plus tordu que lui. Il va finir sans fleurs ni couronnes sous un carré de terre à Pantin et, même s'il laisse beaucoup de veuves derrière lui, il n'y en aura pas beaucoup qui feront le déplacement.

Un silence calculé s'installe entre les deux hommes.

– Lieutenant...

– Quoi encore ?

– Vous avez peut-être raison mais... admettons qu'on ait voulu faire croire à la mort de Bran Le Fanu en faisant assassiner Jean, nous avons peut-être tout intérêt à faire croire que c'est bien Le Fanu qui a été tué, histoire de neutraliser ses tueurs, leur faire penser qu'ils ont bien tué la bonne personne.

Ugo a un mouvement de menton furieux vers le lit.

– Et jouer le jeu des soi-disant protecteurs de Le Fanu qui n'ont pas hésité à laisser tuer ce pauvre gosse ?

– Ce *pauvre gosse*, comme vous dites, est mort. Considérons le comme la part du feu. Dites à la presse que c'est bien Bran Le Fanu qu'on a retrouvé étranglé dans cette chambre d'hôtel. Je me charge de prévenir Le Fanu. Et cela nous laissera le temps de mettre la main sur ceux qui le poursuivent.

– D'accord, je vous suis, du moins pendant deux ou trois jours. Après tout, nous avons là un cadavre sur lequel on peut coller n'importe quel pedigree sans que cela contrarie la marche du monde. Mais *quid* de ces prétendus protecteurs qui sont aussi nocifs que ceux qui en veulent à Bran Le Fanu ?

Roman évacue le problème d'un revers de la main.

– Croyez-moi, lieutenant, nous les aurons quand nous aurons eu les autres...

– Et qui vivra verra, je sais. N'empêche, pour le moment, je ne connais qu'un seul *protecteur* du petit Bran. Et c'est vous, monsieur Bragadaccio.

Roman a un drôle de sourire en répondant :

– Pourquoi ? Vous n'avez pas, tout comme moi, l'intention de le protéger ?

Un bref salut de la main, et Roman sort de la chambre. Ugo sert les poings au fond de ses poches.

– Enfoiré !

Puis il se tourne vers le lit et lâche avec un drôle de rictus :

– Tu sais, p'tite pute, que, même mort, t'es vachement mignon ?

En face de l'hôtel, après quelque cent mètres surplombant le périphe, il y a un de ces rades qui n'a pas encore peur de proposer de la potée aux choux (mais couscous le vendredi) et des litrons de vrai rouge qui bleuit les lèvres. Roman Bragadaccio y retrouve un type, attablé devant un Perrier citron et concentré sur la grille de mots croisés du *Parisien.* La quarantaine athlétique, look entre garçon boucher et huissier de justice. Roman commande un café et lâche :

– Ça baigne. La police française nous suit, au moins deux ou trois jours. Bran Le Fanu est officiellement mort. Ça nous laisse le temps de l'exfiltrer, de le mettre définitivement à l'abri.

L'autre ne lève pas les yeux de sa grille de mots croisés.

– Je parie que tu n'as même pas eu une pensée émue pour le petit gigolpaf.

– Non. On fait pas d'omelette sans…

– Se casser les couilles, je sais… Il y a quand même un truc qui me chiffonne. J'ai pas vu ressortir ce timbré d'Afrikaner.

– C'est un tueur professionnel. Tu ne le vois pas entrer, tu ne le vois pas sortir. Et cet hôtel est une vraie termitière.

– Ouais. N'empêche, ces enfoirés de nazis ont toujours la lance.

– On s'en fout. Nous, nous avons le sang sacré.

– Ouais.

Le portable de Roman sonne. Roman se contente de répondre par de vagues grognements à son lointain correspondant puis termine :

– *Tutti bene, Monsignor…*

Son vis-à-vis consent enfin à lever la tête au-dessus de sa grille de mots croisés et rigole :

– Ton italien est toujours à chier.

C'est le préfet de police qui reçoit, en son bel hôtel particulier suspendu au-dessus de la Seine. Il y a là un représentant du quai d'Orsay, Hugues de Maupassant, un type de bonne facture qui a appris à coder même ses silences. Hugues de Maupassant et Marcel Maurice, le préfet de police, sont de la même promo énarchique et partagent la même passion : celle des bilboquets. Une passion qui leur permet de ne jamais s'énerver. Sont également présents un membre du cabinet du ministre de l'Intérieur et une grosse huile des services secrets. On ne se souvient jamais du nom du premier vu que tout le monde l'appelle « Leministremadi ». Il a une énorme tête chafouine sur un corps de roquet debout sur ses pattes arrières. Le type des services secrets s'appelle Edgar Ouveur, il a la mine d'un chat obèse et cruel. Quand Ugo apparaît enfin, avec son carton sous le bras, tout ce beau monde messe basse en balançant avec nonchalance d'énormes verres à cognac. Il n'y a que Marcel Maurice, le préfet de police, et Hugues de Maupassant, le représentant du quai d'Orsay, qui tiennent leur verre de cognac de la main gauche car leur main droite s'occupe à lever puis à baisser un bilboquet. On sent que les deux anciens condisciples sont prêts à se chamailler comme des mômes. Ils arrêtent cependant leur jeu quand Ugo apparaît. Le flic reconnaît tout le monde, car il a déjà eu l'occasion de les croiser séparément ou ensemble ces derniers jours, sauf celui qui est le seul à être assis et à ne pas boire. L'homme a la carrure et la tête énorme, carrée et plate d'un rugbyman. Sauf que les yeux très doux, la bouche humide et les doigts interminables, très blancs et très fins, laissent deviner l'homme d'église. Et effectivement, Marcel Maurice présente très rapidement, comme à contre-cœur, Gerbert d'Aurillac, cardinal-légat de quelque chose, Vatican. Il est venu sans sa pourpre, dans un costume cravate-ficelle de chasseur de têtes. Ou d'âmes. Pour l'instant il n'a d'yeux que pour Ugo. Personne ne propose de cognac à Ugo mais Ugo s'en fout, il a toujours préféré le calva. Gerbert d'Aurillac se lève, fait face à Ugo…

Gerbert D'Aurillac: Avez-vous retrouvé le… le?

Ugo (qui sourit méchamment) : Le Christ?

Gerbert d'Aurillac (qui s'empourpre) : Hum-hum-hum… Jusqu'à nouvel ordre il ne s'agit que… une espèce de folie… C'est ça, une espèce de folie.

Ugo: Eh bien, votre « espèce de folie » ne doit pas être bien loin…

Gerbert d'Aurillac: L'Église doit absolument mettre la main sur lui.

Ugo (de plus en plus sarcastique) : Où est le problème puisqu'il s'agit probablement d'un faux, comme cette foutue lance, comme votre saint suaire dont on aurait tiré…

Gerbert d'Aurillac : Hum-hum-hum…

Ugo : …Faux comme tout le reste d'ailleurs.

Leministremadi (s'adressant au cardinal-légat) : Le ministre m'a dit de mettre à votre disposition tous nos experts…

Gerbert d'Aurillac : Nous avons les nôtres !

Edgar Ouveur (humilié et suspicieux, s'adressant à Ugo) : Félicitations, mon vieux. Quoique, il faut être sacrément tordu soi-même pour démêler une telle embrouille.

Ugo (qui sourit maintenant bizarrement) : Ouais.

Leministremadi (à Ugo) : Le ministre m'a dit de vous féliciter en son nom. Croyez-moi, il y a de la promotion dans l'air… Si évidemment vous gardez toute discrétion…

Ugo : L'affaire n'est pas terminée, monsieur.

Marcel Maurice : En effet, il y a quand même tout ce micmac où se mêlent sectes néo-nazies, sectes néo-christiques, gardes suisses du Vatican…

Gerbert d'Aurillac : Hum-hum-hum…

Marcel Maurice : …tapins homosexuels, Irlandais… Et ce pauvre député Longin tué à cause d'une lance !

Gerbert d'Aurillac : Pas n'importe quelle lance !

Ugo : Je vous promets un rapport avant la fin de cette semaine.

Marcel Maurice : Que vous me remettrez en mains propres, sans passer par vos chefs directs… Officiellement cette affaire n'est qu'une affaire de meurtres entre homosexuels. Tous homosexuels ! Votre prêtre sud-américain aussi...

Gerbert d'Aurillac : Nous prierons pour lui.

Marcel Maurice : Et même ce pauvre député Longin !

Ugo (tout bas) : Qu'était de toute façon un gros pédé...

Leministremadi : Le ministre m'a dit...

Marcel Maurice : Oui, cher ami, le ministre aura bien sûr la primeur du rapport du lieutenant Ugo.

Ugo va se retirer, mais auparavant il sort d'une poche un tube à essai scellé et rempli d'un liquide vert translucide. Il le tend à Gerbert d'Aurillac :

– Tenez, *Monsieur*, paraît qu'il y a là-dedans de quoi fabriquer des milliers de Christ. En revanche, je ne sais pas si les néo-nazis de la *Wolfensohnen* ont réussi le même *miracle* avec la lance de Longin.

Avant de sortir, il a juste le temps d'entendre...

Hugues de Maupassant : Et surtout pas de vagues, lieutenant, pas de vagues !

Ploc ! Ploc !

Ça, c'est le bruit des bilboquets...

Pré-rapport du lieutenant Ugo :

« Le début de cette histoire est facile à situer puisqu'il s'agit du jour de la crucifixion du Christ. Celui qu'il est convenu d'appeler "le Fils de l'Homme" souffrait son martyre sur la croix quand un légionnaire romain du nom de Cassius Longinus planta sa lance dans le côté droit du susdit "Fils de Dieu". Était-ce un geste de pur sadisme ou au contraire Cassius Longinus voulait-il abréger les souffrances du condamné ? Interrogé par le fonctionnaire Pilate, Cassius Longinus reconnut avoir agi par compassion, ayant le jour même embrassé la foi chrétienne. Démobilisé, il revint dans son pays natal, la Germanie, où il développa un évident activisme pro-chrétien, opérant même des miracles et des guérisons avec la lance qu'il avait plantée dans le flanc du Christ encore imprégnée du sang séché de ce dernier. La légende veut que Longinus, redevenu Longin, fut capturé et décapité. Sa tête et la "Sainte lance" revinrent à Jérusalem. La "Sainte lance" réapparaît à l'occasion des croisades puis, après bien des pérégrinations dont nous vous épargnons les détails, se retrouve au musée du Hofburg, à Vienne, Autriche. Lors de l'Anschluss de 1938, la première chose que demande Hitler à ses troupes quand elles entrent dans Vienne est de récupérer la lance de Longin. Celle-ci sera ramenée comme le plus précieux des trésors à Nuremberg, la cité fétiche des nazis. Hitler Adolphe, né à Braunau, Autriche, en 1889, et mort à Berlin, Allemagne, en 1945, chancelier du reich allemand de 1933 à 1945, féru de mysticisme, a la lance sacrée. Demain, il en est persuadé, il aura le "Saint Graal", où qu'il se trouve, à Montségur ou ailleurs. Une légende germanique veut que celui qui possède la "Sainte lance" et le "Saint Graal" sera invincible. Bien entendu le sus-nommé Hitler Adolphe, de toute façon en plein délire, ne parviendra jamais à ses fins.

» Après la défaite, ladite "sainte lance" a regagné le musée du Hofburg. Mais, selon deux militaires, le colonel Howard A. Buechner (recherche état civil en cours) et le capitaine Wilhelm Bernhardt (recherche état civil en cours), il s'agirait d'un faux, ou plus exactement d'une copie. Sur les ordres d'Himmler (aujourd'hui décédé), un artisan japonais (aucune identité connue) aurait réalisé cette copie pendant que la vraie lance était cachée avec d'autres objets à valeur mystique en Antarctique, dans un repaire sous la montagne glacée Muhlig Hiffman. Toujours d'après Buechner et Bernhard, la lance aurait été récupérée par un mystérieux "Ordre des Chevaliers de la Sainte Lance". Mon enquête a permis de supposer l'implantation plus ou moins récente de cette organisation en Afrique du Sud. Les derniers "chevaliers de la Sainte Lance", qui œuvraient pour la "justice et la paix dans le monde", en réalité quelques vieillards radoteurs, furent cependant massacrés par les membres d'une secte néo-nazie, les "Wolfensohnen" – une bande de tueurs psychopathes – certainement manipulée par une intelligence supérieure (Voir en annexe D cote f les hypothèses Interpol). Les susdits Wolfensohnen se sont emparé de ladite "Sainte Lance".

» Intervient le nommé Longin Albert, Julius, Léonard, né le 3 mai 1945 à Clermont-Ferrand (Puy-de-Dôme), PDG d'une entreprise familiale (L'Électroménager Longin), député CLC (Centre libéral et chrétien), marié et père de huit enfants, et néanmoins amateur de jeunes prostitués mâles. D'après les Renseignements généraux (RG), le susdit Longin, Albert, Julius Léonard aurait partagé trois mystiques : celle de l'ordre chrétien, où se mêlent le culte de la famille et celui de l'entreprise ; celle des jeunes hommes ; et celle d'un supposé monde occulte où se mélange tout le fatras habituel de soi-disant initiés et de rites anciens. Un prêtre-voyant, connu sous de multiples identités (voir annexe B, cote a) a convaincu le député Longin qu'il est le descendant du susdit légionnaire Cassius Longinus, celui-là même qui aurait achevé d'un coup de lance le Christ sur sa croix. Contre une forte somme d'argent, le prêtre-voyant lui indique l'endroit où il pourra retrouver la Sainte Lance de son ancêtre. Grâce à un ami homosexuel, un ancien des services secrets sud-africains (voir annexe B, cote c), Longin réussit à fixer la cache des Wolfensohnen. Mais, bien entendu, pour cet homme politique respectable, ce brave père de famille peu enclin aux coups tordus et à la violence, il n'est pas question de s'engager physiquement. Il ne mettra d'ailleurs jamais les pieds en Afrique du Sud. Contre un peu de came et d'alcool, son ami sud-africain monte un petit commando de jeunes zoulous complètement défoncés. Ceux-ci se font un plaisir de massacrer quelques "aryens" encore plus dingues qu'eux. Ils prennent un peu d'or, un peu de diamants, et surtout s'empare de la précieuse lance. À l'Assemblée, le député Longin est membre du comité France-Afrique du Sud. Et, aussi étonnant que cela puisse paraître, c'est par la valise diplomatique que cette lance parviendra au député Longin.

» Ce dernier ne profitera pas longtemps de son bonheur. Il devine très vite que les membres du Wolfensohnen sont à ses trousses. Comment ont-ils réussi à deviner qu'il était le destinataire de la lance volée ? Cela reste à élucider en collaboration avec la police sud-africaine. Toujours est-il que le fait qu'on ait retrouvé le cadavre calciné dans son lit de l'ami sud-africain de Longin peut fournir un élément de départ pour l'enquête.

» Un tueur de Wolfensohnen est chargé d'éliminer le député Longin et de récupérer la Lance. Le député Longin est retrouvé mort dans le canal Saint-Martin (voir annexe A, cote a, la chronologie des faits et le rapport d'autopsie). Le tueur s'appelle Piter Degraine, né le 21 août 1982 à Durban, Afrique du Sud (Voir annexe B, cote d le dossier des services de police sud-africains concernant le sus-nommé Degraine Piter, dossier non encore traduit). Piter Degraine a tué le député Longin mais il n'a pas encore la Lance. Le député Longin a en effet eu le temps de faire expédier la lance à l'une de ses relations homosexuelles, un prostitué nommé Lefranc Jean, né le 2 mai 1981 à Paris X^e^ (voir annexe C, cote d le CJ de Lefranc Jean). Cependant, la lance n'arrivera jamais au domicile de Lefranc Jean. Elle sera interceptée par Degraine Piter dans la loge du concierge. L'Afrikaner tue le concierge (voir détails dans annexe C, cote a).

» Est-ce le hasard ou est-ce une circonstance qui reste à établir, le sus-nommé Piter Degraine entre en relation avec un autre prostitué, Fouad M'Basso, né le 3 avril 1985 à Vitry-sur-Seine (Val-de-Marne), plus connu sous le nom de "Bambi". Ledit Bambi est un proche de Jean Lefranc mais est aussi lié, pour des raisons strictement spirituelles, à un prêtre d'origine mexicaine, le père Octavio Lucio, né le 22 septembre 1978 à Tapachula (Mexique). Le père Octavio Lucio est l'un des vicaires de la paroisse Saint-Martin, mais, d'après une fiche des Renseignements généraux (voir annexe C, cote b), il est membre d'une secte dite "résurrectionniste", connue sous de multiples appellations dont la moins secrète serait Corpus Dei. Le projet de cette secte est de "reconstituer" le Christ à partir de l'ADN contenu dans le fameux saint suaire de Turin censé avoir enveloppé le corps du christ après sa crucifixion. Le 21 avril 1982 une équipe de scientifiques américains découpait un morceau du suaire taché du supposé sang du Christ pour procéder à une nouvelle datation avec des techniques nouvelles. Cette équipe était infiltrée par plusieurs membres de la secte Corpus Dei. Laquelle peut prétendre désormais avoir recréé le Christ à partir de l'ADN retrouvé sur cette parcelle du saint suaire. La plupart des scientifiques concernés par la question sont d'accord pour dire que le suaire en question est un faux datant du Moyen-Age. Il n'en reste pas moins que, d'après un rapport de l'Observatoire international des mouvements sectaires (voir annexe C, cote d), Corpus Dei est persuadé avoir reconstitué un clone du Christ.

» Tout en restant dans le cadre strictement objectif de ce rapport, je me permets de signaler que le côté irrationnel de l'affaire ne doit pas être occulté pour une meilleure compréhension des meurtres qui l'accompagnent.

» On peut supposer que les membres de la secte néo-nazie Wolfensohnen (identifiables à la croix gammée surmontant une tête de loup tatouée sur leur épaule droite) ont cherché aussi à "cloner" un Christ à partir du sang séché et encore présent sur la supposée lance de Longinus. Une expérience folle et qui ne pouvait qu'échouer. Comme ont sans douté échoué les membres illuminés de Corpus Dei, sauf que ceux-ci se sont persuadés, plus à la suite d'une auto-manipulation mentale que d'une authentique manipulation génétique, d'avoir réussi à cloner le Christ à partir de l'ADN retrouvé sur un échantillon du suaire supposé avoir enveloppé le corps du Christ pour sa mise au tombeau.

» Tout porte à croire que le jeune Bran Le Fanu, né en Irlande de parents inconnus (voir annexe D, cote a la biographie de Bran Le Fanu jusqu'à son arrivée à Paris) était considéré par les membres de la secte Corpus Dei comme le clone du Christ.

» Revenons sur la chronologie des faits. Piter Degraine, tueur de la secte néo-nazie Wolfsohnen basée en Afrique du Sud, élimine le "profanateur" député Longin mais ne réussit pas à mettre la main sur la supposée lance de Longinus. Il retrouve Fouad M'Basso, dit Bambi, prostitué et intime du député Longin. Il réussit à séduire Fouad M'Basso et à se faire héberger par lui. Piter Degraine compte sur Fouad M'Basso pour remonter tout le réseau de connaissances du député Longin. Fouad M'Basso ne possède pas la lance mais il met involontairement Piter Degraine sur les traces d'un autre intime du député Longin, Jean Lefranc, prostitué également. Mais, le tueur afrikaner se rend compte également que Fouad M'Basso fréquente une petite église du 10e arrondissement où officie le nommé Octavio Lucio, prêtre d'origine mexicaine, mais surtout membre d'une secte chrétienne "résurrectionniste", inoffensive et ennemie de la sienne, Corpus Dei. Cette coïncidence fait croire à Piter Degraine que Corpus Dei est derrière le vol de la supposée lance de Longinus, et que le député Longin aurait été soit membre de cette secte, soit manipulée par elle.

» Cependant, Piter Degraine n'abandonne pas la piste de Jean Lefranc qui, d'ailleurs ami très proche de Fouad M'Basso, pourrait très bien être aussi une créature de Corpus Dei. Bonne pioche. Rappelons en effet que c'est à Jean Lefranc que le député Longin, se sentant en danger, a expédié la lame de la supposée lance de Longinus. Piter Degraine réussit à intercepter le colis dans la loge du concierge de l'immeuble où habite Jean Lefranc. Et bien sûr il élimine ce nouveau témoin. De la même façon qu'il a tué auparavant Fouad M'Basso qui ne lui servait plus à rien (voir compte rendu et autopsie annexe D, cote b).

» De toute manière, à partir de là, et maintenant qu'il a repris possession de la lance, Piter Degraine ne pourra que continuer à tuer ou chercher à tuer. À commencer par le jeune Bran Le Fanu, qu'il croit être le clone christique élaboré par Corpus Dei. Il tue ou cherche à tuer ses proches : Sean O'Madden Burke (annexe D, cote c), tenancier du pub dans lequel le jeune Le Fanu s'employait comme serveur, le père Octavio Lucio (annexe D, cote d) et le prostitué Jean Lefranc, ce dernier qui est de plus devenu très intime du jeune Le Fanu.

» Dans l'ombre de Bran Le Fanu on trouve le nommé Roman Braggadaccio, 32 ans, né en Suisse, adresse inconnue. Ce dernier est membre d'un service (très) annexe d'Interpol mais, d'après une source RG, travaillerait en sous-main pour une congrégation religieuse très proche du Vatican dont elle compte d'ailleurs un certain nombre de hiérarques. Dans le cadre de ce rapport, il nous est impossible de donner plus de détails sur cette congrégation, au demeurant fort honorable puisqu'elle aurait l'écoute du pape. C'est à son activité au service de cette congrégation que le sus-nommé Roman Braggadaccio doit son surnom de "garde suisse" dans les milieux du renseignement. La congrégation a appris l'existence de Bran Le Fanu en tant que supposé clone christique. Il est difficile de croire que les membres de cette congrégation aient pu croire à l'authenticité de ce clone mais toujours est-il que Roman Braggadaccio a été chargé de ramener le jeune Bran Le Fanu à Rome (voir procès-verbal des aveux Braggadaccio, annexe E, cote b). Force est de constater que les initiatives de Roman Braggadaccio ont largement dépassé le cadre de sa mission puisqu'il a cherché à tuer pour protéger Bran Le Fanu. On peut supposer que Roman Braggadaccio est également membre de Corpus Dei (de même que certains membres de la congrégation) mais, lors de son interrogatoire, le sujet est resté silencieux sur la question. Et, en ce qui concerne les membres de la congrégation, cela dépasse aussi le cadre de notre enquête.

» Avec l'aide d'un complice également interpellé (voir annexe E, cote c), Roman Braggadaccio n'a pas hésité à sacrifier le prostitué Jean Lefranc. Il a joué sur une certaine ressemblance physique de ce dernier avec le jeune Le Fanu. Le meurtre de Jean Lefranc devait suffir à stopper, même momentanément, la chasse du tueur Piter Degraine, le temps de mettre Bran Le Fanu à l'abri, ou de le remettre à la congrégation. Piter Degraine… »

Ugo lève les yeux au-dessus de l'écran de son ordinateur portable. Ses doigts cessent de courir sur les touches de son clavier. Il veut revivre mentalement cette scène avant de la graver de façon sèche et froide dans la mémoire de son ordinateur…

Piter Degraine vient de jouir tout contre le bas-ventre de Jean. Maintenant il peut achever son œuvre de mort. Tout en pressant de plus en plus fort la batte de base-ball contre le cou du garçon raidi sous lui, il analyse froidement. *D'accord, je me suis fait baiser la gueule. On m'a collé cette connasse entre les pattes à la place de l'autre branleur christique. Et une embrouille en appelle toujours une autre. Tant pis, en attendant je prends un pied d'enfer en éliminant cette petite pute. C'est le genre de truc qu'on voudrait ne voir jamais s'arrêter...*

C'est à ce moment-là qu'Ugo a explosé la porte de la chambre, son Manhurin de service au bout du bras. Il a crié « POLICE! », Piter s'est éjecté en arrière et, suspendu en l'air, a réussi à se retourner avec la vivacité d'un chat sauvage, a feulé, a brandi sa batte de base-ball puis fondu sur le flic. Le Manhurin a claqué une fois, le jeune Afrikaner a couiné puis boulé aux pieds d'Ugo. Ses yeux regardaient déjà ailleurs.

Ugo s'approche alors du lit. Le visage de Jean est déjà tout noir. La langue est ressortie aux deux tiers, les yeux révulsés, d'un blanc de pierre tombale sur le noir charbonneux du visage.

Ugo baisse son bras armé, soudain devenu trop lourd. Il fait juste:

– Meeeerde!!!!

Mais déjà on galope derrière lui. Ugo fait évacuer le corps de Piter Degraine. Faut pas qu'il se mette à saigner sur la moquette.

Ugo sait que quelque part, pas loin de l'hôtel, un certain « garde suisse » attend le bon moment pour faire son entrée.

Plus tard, le « garde suisse » était ressorti de l'hôtel. Avec des types des services secrets discrètement accrochés à ses basques. C'était le seul moyen de récupérer le jeune Bran Le Fanu. Plus tard, le « garde suisse » serait probablement relâché et repartirait vers de nouvelles aventures, au service de... de qui voudrait bien de lui.

Ploc! Ça, c'est l'écran du portable qui vient de se mettre en état de veille, sans doute lassé d'être suspendu aux pensées d'Ugo. Mais celui-ci prend ça pour une invitation à se lever, à aller chercher une 16 dans le frigo. En passant devant le lit, il fait:

– Tu veux boire quelque chose?

Allongé sur le lit je devine qu'Ugo me parle mais je ne l'entends pas car j'ai un casque audio sur les oreilles, qui me balance de la musique nulle. De toute façon je n'ai pas le choix, Ugo n'écoute que des trucs à la con, de la pop anglaise d'avant la bombe.

C'est pas grave, je me marre tout seul en matant ma tronche dans la glace de l'armoire de l'autre côté du lit.

Avec cette minerve, ma tête ressemble à celle d'un cadavre délicatement posée au sommet d'un cornet de glace géant…

Il paraît que je me suis mis à tousser. C'était pendant qu'on embarquait en toute discrétion le corps de cet enfoiré de Piter l'Africain. Dans une espèce de brouillard j'ai vu Ugo se pencher sur moi. Il m'a balancé un train complet de claques et ma tête a dingué comme si je suivais un match de tennis ultra rapide. Puis il m'a écarté les mâchoires, m'a soufflé au fond des éponges son haleine de fennec goldo-addict. Et mon cerveau a enfin revu des fleurs, qu'auraient très bien pu être des fleurs de pavot sauf qu'elles avaient la couleur des yeux d'Ugo.

Je n'ai jamais revu Bran. Paraît qu'il est à Rome. Enfin, j'ai cru comprendre. Mort ou vivant ? À cette question, Ugo m'a joué l'air des grands mystères qui nous dépassent. Probablement qu'il n'en savait pas plus que moi.

Je n'ai jamais revu Bran et pourtant je suis tombé sur lui. Je m'explique. C'était dans un sex-shop de la rue Saint-Denis où j'étais entré acheter vidéos, gadgets, poppers pour mes clients chéris. Le garçon bossait dans ce sex-shop, enfin, si on peut appeler « bosser » le fait de ramasser les kleenex usagés et de passer la serpillière dans les cabines vidéo. Il avait les même yeux profonds que Bran, le même acné à croquer, le même corps pas achevé, la même grâce hypnotique…

Mais ce n'était pas Bran. Bran était un petit rouquin d'Irlandais aux yeux très bleus tandis que Malik était un jeune Arabe, ou Berbère… Enfin, les Arabes disent toujours qu'ils sont berbères quand ils ne veulent pas qu'on les prenne pour des Arabes. Il avait les yeux très verts, très jade, les cheveux très drus, très noirs, la peau très brune, très prune.

Ce n'était pas Bran. Et pourtant, quand Malik marchait dans la rue, des gens se retournaient sur lui. Certains le suivaient un moment, d'une démarche mécanique, qu'ils ne contrôlaient plus, avant de finir par se reprendre, par se demander ce qu'ils foutaient là, au beau milieu du trottoir. Je ne dirais pas que les voitures s'écartaient au passage de Malik mais presque.

Oui, après tout, c'était bien Bran.

Malik et moi sommes devenus vaguement amants. Comme Bran, il n'était ni homo, ni sexuel. Comme Bran, il était nul au lit et, comme Bran, avait une queue modeste dont il ne savait pas se servir. Comme Bran il se laissait caresser, sucer. Comme Bran il se laissait baiser dans une espèce de faux sommeil. Comme j'aimais quand même le voir jouir de temps en temps, je lui demandais de se branler devant moi, nos deux corps nus dressés l'un contre l'autre. Il fermait les yeux sur son petit plaisir quand il éjaculait, et ses lèvres se retroussaient sur ses dents rondes et très blanches. Comme Bran. Puceau à vie, même si tout un bataillon de janissaires ou une envolée d'amazones lui passait sur le corps.

Allez savoir pourquoi, je mis un certain temps à parler de Malik à Ugo. Ugo n'était plus mon protecteur mais un étrange amant de loin en loin. Parfois il venait gratter à ma porte quand la brutale envie d'une étreinte brève et violente le prenait. Je suis sûr que j'étais le seul mec de la planète, la seule gonzesse même qu'il baisait… Quand je lui ai parlé de Malik, mâle minimal, j'ai cru qu'il allait se foutre de ma gueule. Non, il m'a écouté très sérieusement, sans doute à cause de l'allusion à Bran. À un moment il m'a lancé :

– Tu pourrais m'amener un poil de cul, une goutte de sang ou de sperme de ton mini mâle ?

Il était très sérieux en me disant cela. Le visage clos, concentré. Je rigolais quand même :

– Tu deviens fétichiste, bébé ?

– C'est juste à des fins d'analyse. Il ne faudrait pas que ces dingues du Corpus Dei aient essaimé un peu partout des clones christiques ! Je raconte n'importe quoi… Jésus n'était pas arabe… Il n'était pas non plus irlandais d'ailleurs… D'accord, il était un peu tout le monde, le « Fils de l'Homme »…

À l'évidence il ne s'adressait pas à moi, parlait tout haut. J'ai râlé :

– De quoi tu parles, bébé ?

– Ne m'appelles pas bébé, ça fait tarte ! Et puis merde !…

Je ne m'y attendais plus. Ugo m'a fait basculé sur le lit, a baissé mon jean, a arraché mon slip, m'a retourné…

Mais, pour la première fois, il m'a pris très doucement, très lentement, très longtemps. Peut-être que Bran, et Malik, s'étaient coulés en moi. En lui. En nous.

Achevé d'imprimer en septembre 2004
par l'imprimerie Barnéoud à Laval
pour le compte de

H&O
ÉDITIONS

BP 14090 - 34502 Béziers cedex
Tél. 04 99 43 05 52 - Fax 04 67 35 14 23
E.mail : heto1@wanadoo.fr
Internet : www.ho-editions.com

Dépôt légal : sept. 04
N° d'imprimeur : 15283
Imprimé en France.